OVERLORD
Special

Unterhaltung der Autoren:

Naoyuki Ito & Satoshi Oshio

Unterhaltung der Autoren

Der Anime zu »Overlord« wurde erfolgreich ausgestrahlt. Der Regisseur, Naoyuki Ito, spricht mit dem Comicautor Satoshi Oshio.

Antwortgeber: Regie des »Overlord«-Anime

Naoyuki Ito

Fragesteller: Comic Scenario von »Overlord«

Satoshi Oshio

OVERLORD

So wurde das Drehbuch zum Anime erstellt!

Oshio: Als mir aufgetragen wurde, den Manga zu schreiben, hat mich eine Frage am meisten beschäftigt: »Wie wurde das Drehbuch für den Anime erstellt?« Entstand es in gemeinsamen Sitzungen mit dem Autor des Originals?

Ito: Bei den Treffen für das Drehbuch des Anime haben sich zunächst die Autoren mit mir zusammengesetzt und ein Gesamtkonzept für die Serie entworfen. Dabei haben wir den Plot der einzelnen Folgen festgelegt, die wir dann der Reihenfolge nach besprochen haben. Im Gegensatz zum Original hat man in einem Anime natürlich nicht die Zeit, alles zu zeigen, daher haben wir die wichtigsten Dinge an erste Stelle gestellt. In diesem Stadium haben wir folgende Dinge besprochen: »Dieser Inhalt kann besser an dieser anderen Stelle eingefügt werden« oder »Diesen Inhalt möchten wir unbedingt zeigen, aber in dieser Szene passt er nicht, daher lassen wir ihn erst einmal raus«. Natürlich bleiben einem solche Inhalte im Kopf, und wenn sich eine passende Szene ergibt, haben wir sie wieder eingefügt. Nachdem wir mit diesen Sitzungen fertig waren, haben die einzelnen Autoren dann die Drehbücher geschrieben.

Oshio: Interessant.

Ito: Immer wenn wir Inhalte ausweiten oder streichen wollten, haben wir natürlich mit Herrn Maruyama konferiert. Wir haben ihn gefragt: »Dürfen wir das machen?« oder »Wie sieht es an dieser Stelle im Hintergrund aus? Was dürfen wir dort zeigen?« Er hat wiederum Dinge ergänzt wie: »Hier sieht es so und so aus, daher sollte hier noch Folgendes gezeigt werden.« So in etwa waren unsere Drehbuchsitzungen.

Oshio: Also haben Sie zuerst alles in den Sitzungen festgelegt, bevor die Drehbücher von Yukie Sugawara erstellt wurden. Richtig?

Ito: Ganz genau.

Oshio: Wie häufig wurden Änderungen vorgenommen? Gab es drei oder gar vier Drehbuchversionen?

Ito: Die fertigen Drehbücher waren meist die fünfte Überarbeitung. Die zu Beginn der Woche erhaltenen Drehbücher haben wir zwei oder drei Mal besprochen und haben pro Drehbuch ein bis zwei Wochen gebraucht, um das fertige Manuskript zu erhalten. Mit den Arbeiten haben wir letztes Jahr im November begonnen.

Oshio: Das heißt also, dass das Drehbuch schon ein halbes Jahr vorher feststand, bevor ich mit »Overlord« anfing!

Ito: Tja, zumindest lief es bei den ersten Folgen so. Das Drehbuch für die letzte Folge hat bis ins nächste Jahr gedauert. Es ist einfach viel passiert, und wir haben uns erst Mitte Februar auf ein finales Drehbuch einigen können. Eine vorläufige Version war zwar schon früher fertig, aber es wurde in der Folge so viel gekämpft, weswegen uns der Prozess schwerfiel… Außerdem gab es viel Text, und die Hintergründe sind auch kompliziert. Schließlich kam es zu dem Problem, dass der Text im Drehbuch durch die Regieanweisungen stark verändert wurde, auch die Inszenierung hatte große Auswirkungen auf die jeweilige Folge. Durch die vielen Actionszenen reichte die Zeit plötzlich nicht mehr für den ganzen gesprochenen Text. Aus all diesen Gründen mussten wir weitere Änderungen vornehmen. Im Gegensatz dazu fehlte es in ruhigeren Szenen an Text, weswegen wir länger auf einzelnen Bildern hängen bleiben müssen. Normalerweise kann man die Länge des Skripts leicht an der Papiermenge erkennen.

Oshio: Oho?!

Ito: Normalerweise gleicht die Länge des Skripts dem eines normalen Films. So nennen wir den Schreibern eine bestimmte Anzahl an Skriptseiten (mit jeweils 200 japanischen Schriftzeichen), damit sie das Manuskript auf diese Anzahl an Seiten zusammenfassen.

Oshio: Und anhand dieser Drehbücher erstellen Sie und die anderen Regisseure dann die Storyboards?

Ito: Ganz genau.

Entgegen allen Erwartungen?! Die Geschichte hinter dem Casting

Oshio: Als Nächstes möchte ich über die Sprecher reden. Auf welche Art haben Sie sich für die einzelnen Rollen entschieden?

Ito: Was das angeht, habe ich eigentlich kaum etwas mit dem Casting zu tun gehabt. Es gab schließlich vor einigen Jahren schon ein Hörbuch.

Oshio: Ach, wirklich?

Ito: Von Enterbrain gab es die Auflage, dass die Sprecher der Hörbücher auch für die entsprechenden Animes angestellt werden sollten. Eigentlich wird dies zwar von Fall zu Fall entschieden, aber im Fall von »Overlord« haben wir die Sprecher der Audioversion genommen. Ich denke, dass das Hörbuch auch mit viel Sorgfalt erstellt wurde. Ich weiß zwar nicht, was die Fans darüber denken, aber ich glaube, dass durch die gleiche Besetzung auch etwas Rücksicht auf sie genommen wurde.

Oshio: Seit dem Hörbuch ist doch schon einige Zeit vergangen, oder? Da ist es doch bewundernswert, dass Sie die gleichen Sprecher auch für den Anime gewinnen konnten.

Ito: Damit hatte die Casting-Abteilung aber große Schwierigkeiten. Die Sprecher haben natürlich auch einen vollen Terminkalender und konnten nicht mal eben für einen Tag gebucht werden. Aber da wir uns bei »Overlord« ziemlich schnell entscheiden konnten, dürften die Sprecher recht schnell engagiert worden sein. Sofern es nicht anders ging, mussten wir uns eben einfach an den Terminkalender der Sprecher anpassen.

Oshio: Natürlich haben Sie nicht nur bei den Hauptfiguren, sondern auch für die Nebenfiguren beispielsweise mit Takehito Koyasu oder Aoi Yuki sehr beeindruckende Sprecher gewonnen.

Ito: Herr Go, unser Soundregisseur, soll persönlich um Frau Yuki gebeten haben. Mamoru Miyano, der

Pandora's Actor spielt, wurde auch von Mitarbeitern vorgeschlagen, weil sie überzeugt waren, dass das so sehr lustig sein würde. Da er viel beschäftigt ist, hatten wir eigentlich erwartet, dass wir eine Absage bekommen würden, aber dann kam plötzlich doch eine Zusage. Natürlich mussten wir die Aufnahmeleitung bitten, etwas Platz zu schaffen, der eigentlich mit Aufnahmen der Hauptdarsteller besetzt war. Haha.

Und bei den Aufnahmen…

Oshio: Nachdem die Rollen bestimmt wurden, werden dann bei der Nachvertonung erst einmal Probeaufnahmen gemacht, um sich richtig in die Rollen einzufühlen?

Ito: Schon beim Hörbuch hatte Satoshi Hino die Doppelrolle von Ainz gespielt und somit den Wechsel zwischen innerer und äußerer Stimme perfektioniert. Besonders bei einem Hörbuch muss man seine Stimme stark für die jeweilige Rolle verstellen.

Oshio: Ach, weil es ein reines Audiomedium ist, richtig?

Ito: Deswegen konnten wir ihn einfach machen lassen. Yumi Hara, die Albedo gespielt hat, lieferte allein schon beim Ansehen der Bilder eine mitreißende Performance. Haha.

Wir haben den Sprecher zu Beginn gesagt, dass das Hörbuch schon genau die richtige Richtung eingeschlagen hatte, weswegen wir nichts Großartiges ändern wollten. Von vornherein wurde bei der Besetzung darauf geachtet, dass die Charaktere der Sprecher mit dem der Figuren gut zusammenpassten. Deshalb konnten wir die Sprecher einfach ihre Rollen spielen lassen.

Oshio: Also hatte die Tatsache, dass es schon eine Audioversion gab, große Bedeutung für dieses Projekt, oder?

Ito: Das kann man so sagen. Aber das Hörbuch wurde gerade mal an ein oder zwei Tagen aufgenommen. Damals wusste niemand, ob man die gleichen Sprecher jede Woche für Aufnahmen bekommen könnte. Außerdem konnte durch die Beziehung zwischen den Sprechern eine Art Teamwork entstehen, was natürlich ein glücklicher Zufall war, über den ich mich im Nachhinein sehr freue.

Oshio: Können Sie ein Beispiel für dieses Teamwork geben?

Ito: Ich habe das nur aus zweiter Hand von der Soundregie gehört, schließlich hatte ich mit den Sprechern wenig direkten Kontakt, aber auf einem Event sind Herr Hino, Frau Hara und Sumire Uesaka, die Shalltear gesprochen hat, zusammen aufgetreten und sollen ein wirklich köstliches Schauspiel abgeliefert haben. Haha.

Aber man merkt dem Anime schon an, dass die Sprecher sich nicht nur gut verstanden haben, sondern auch eine große Verbundenheit zur Serie gespürt haben.

Oshio: Sie haben schließlich schon bei der Audioversion zusammengearbeitet.

Ito: Einige haben das Original sogar häufiger gelesen als ich.

Oshio: In der Darbietung von Frau Hara spürt man selbst an ernsten Stellen eine gewisse Komik, was alles ein wenig lustiger erscheinen lässt. Wer hat sich für diese Richtung entschieden? Oder aber war das nur die Stimmung bei den Aufnahmen… Haha.

Ito: Nein, ich habe schon darum gebeten. Sie musste wiederholt: »Ist das so in Ordnung?« sagen, wobei jedes Mal die Stimmung weiter gestiegen ist. Hihi.

Oshio: Im Original sagt Albedo den Satz dreimal, oder?

Ito: Eigentlich hatten wir es im Drehbuch genau wie im Original zweimal, aber es war einfach zu lustig, daher haben wir bei den Aufnahmen ein drittes Mal hinzugefügt.

Oshio: Wenn das Drehbuch, die Performance und die Sprecher passen, entsteht eine unbeschreibliche Stimmung. Bestimmt war es auch für Frau Sugawara, die die Drehbücher geschrieben hat, beeindruckend, bei den Aufnahmen dabei zu sein.

Ito: Bei den Aufnahmen müssen immer wieder plötzlich Texte abgeändert werden. Die Soundregie gibt Anweisungen für die einzelnen Nuancen, dabei kann es natürlich vorkommen, dass andere Dinge nicht mehr zusammenpassen. Normalerweise müsste der Regisseur dann allein entscheiden, was gemacht werden soll, aber wenn noch ein Drehbuchautor dabei ist, kann man sich gut mit ihm beraten.

Ich glaube, es war Folge 8. Dort spricht Khajiit zum Ende einen Zauber aus. Ich dachte eigentlich, dass der Sprecher ein wenig murmeln könnte, doch bei der tatsächlichen Aufnahme passte das nicht so gut, da meinte Frau Sugawara plötzlich: »Ich habe schnell den Text für den Fluch geschrieben!« Haha.

Oshio: Genau in diesem Moment war ich zu Besuch. Ich war echt überrascht. So schnell kann kaum jemand auf so etwas reagieren.

Ito: Ich war auch überrascht, aber anscheinend mag sie es genauso. Es ist dann fast so wie einem Video- oder Rollenspiel.

Oshio: Frau Sugawara hat ja auch Drehbücher für »Sword Art Online« geschrieben, oder?

Ito: Als ich ihr den Text abnahm, sagte sie sofort: »Vielen Dank.« Hihi.

Oshio: Hatte jemand Frau Sugawara darum gebeten? Oder hat sie es von ganz allein gemacht?

Ito: Das weiß ich nicht, aber meiner Einschätzung nach reagiert sie am schnellsten, wenn sie komplett aus freien Stücken handeln kann. Ob ein Autor bei den Aufnahmen dabei ist, ist leider von Person zu Person unterschiedlich.

Oshio: Hier passt auch wieder perfekt das Teamwork, über das wir vorher schon gesprochen haben.

Ito: Wenn Sie das so sagen, freut mich das natürlich. Haha.

Oshio: Wenn wir von dem Fluch von eben reden, hatten die Sprecher auch irgendwelche Improvisationen?

Ito: Darüber hatte ich mir schon bei den Testaufnahmen Gedanken gemacht. Besonders beeindruckend waren die Versuche von Herrn Miyano. So hat er schon beim Test immer wieder die gleichen Witze gemacht und »Kabedon«* geschrien. Haha.

Oshio: Haha.

Ito: Das war einfach zu lustig, weswegen ich es unkommentiert ließ, aber anscheinend wirkte es, als würde ich mich nur zurückhalten, weswegen sich die Ausrufe langsam in ein trauriges »Don« abkürzten.

Oshio: (Schallendes Lachen) Das ist zu lustig. Das ist ja fast so etwas wie Herr Maruyamas Markenzeichen. Die Szene alleine ist schon lustig, aber da der Sprecher hinter der Figur auch noch perfekt passt, macht es die Sache umso lustiger.

Ito: Leider gab es von der Geschichte her nur eine Folge, in der Maruyama auftreten konnte. Es gab außerdem eine Textzeile, für die er deutsch sprechen musste. Er hat dafür extra einen Bekannten gefragt, der als Deutschlehrer arbeitet, ob seine Aussprache in Ordnung ist. Das hat mir natürlich sehr geholfen.

Oshio: Da haben Sie mir ja eine spannende Geschichte von den Aufnahmen verraten. Gab es sonst noch etwas?

Ito: Das war zwar keine Improvisationsgeschichte, aber Herr Hino hat immer wieder gefragt: »Soll ich das als Suzuki sprechen oder als Ainz?« Obwohl im Anime kein einziges Mal Ainz realer Name Satoru Suzuki genannt wird. Natürlich hat er schon während der Aufnahmen des Hörbuchs davon gewusst. Außerdem wurde manchmal gesagt: »Das hat sich eher nach Suzuki angehört. Tut mir leid, können Sie das noch mal als Ainz machen?«

Oshio: Anscheinend mussten sie jede Textzeile mit Herrn Hino absprechen. Bestimmt ist es gar nicht so einfach, wenn Sie auf die Ratschläge von mehreren Mitarbeitern hören müssen.

Ito: Eigentlich ist es für mich einfacher, wenn ich nicht alles alleine entscheiden muss. Haha.

* Bei einem Kabedon schlägt ein Mann gegen eine Wand und drängt dabei meist eine Frau in romantischen Situationen an die gleiche Wand. Mamoru Miyano ist für diese Aktion bekannt.

Die geheime Beziehung zwischen Gestik der Figur und der Darbietung des Sprechers

Oshio: Ich glaube, dass es Unmengen an Informationen aus der Vorlage benötigt, um die Mimik der Figuren in ein einziges Bild zu fassen.
Ito: Was das angeht, hat sich das Animationsteam gehörig ins Zeug gelegt. Zu Beginn wussten wir gar nicht, wie weit wir beispielsweise bei Albedos Mimik gehen könnten. Na ja, Sie wissen schon, was ich meine. Haha. Bestimmt hat Takahiro Yoshimatsu, unser Charakter Designer, die einzelnen Gesichtsausdrücke überwacht. Wir hatten auch Vorlagenzeichnungen von so-bin, aber Herr Yoshimatsu meinte: »Ich möchte, dass wir irgendwie andere seltsame Gesichter verwenden.«
Oshio: Andere?
Ito: Wenn man normal zeichnet, können sich die Gesichtsausdrücke kaum verändern. Aber wenn man die Figuren etwas verrückter, durchgeknallter zeichnet, sehen die übertriebenen Gesichtsausdrücke irgendwie niedlich aus. Haha.
Die Zeichnungen von so-bin hatten zwar auch einen ziemlich starken Ausdruck, aber leicht abgeändert würde es auch passen. Darüber habe ich mit Kentaro Hashimoto, dem Animationsproduzenten von Madhouse*, geredet. Aber die weit aufgerissenen Münder in einem frühen Promovideo waren dann doch etwas zu viel.
Oshio: Und die Sprecher müssen dann passend zu diesen Bildern ihre Stimme geben?
Ito: Genau. Wir zeigen ihnen vorher die Bilder und sagen ihnen, wie sie den Charakter spielen sollen.
Oshio: Ob sie ruhig sind oder toben.
Ito: So ist es in der Regel zwar, aber in letzter Zeit müssen die Bilder für die Nachvertonung noch nicht fertig sein. Dabei wissen die Sprecher natürlich nicht, wie lange sie sprechen dürfen und müssen viel ausprobieren. Aus diesem Grund ist es besser, wenn man ihnen zu Beginn einige Bilder zeigt, um sie anzuleiten. Wenn man das macht, sind sie in der Lage, die Charaktere gut zu vertonen.
Oshio: Einige Charaktere sind zu Anfang gefestigt, während sie später vielleicht aufgelöst sind.
Ito: Wenn man die Mimik der Charaktere kennt, kann man es dem Sprecher mitteilen, damit er es sich besser vorstellen kann.
Oshio: Ich bin neidisch, dass die Stimmen bei Filmen dem Text Betonungen einhauchen können. Bei einem Manga arbeitet man mit unbeweglichen Bildern, weswegen man alles fast übertrieben zeichnen muss. Besonders schwierig ist aber, dass Momon ständig einen Helm trägt. Haha.
Ito: Ja, ganz genau. Haha.
Oshio: Die Tatsache, dass ich seinen Gesichtsausdruck nicht verändern kann, bereitet mir jedes Mal große Sorgen.
Ito: Im Manga wird der Helm manchmal durchsichtig gezeigt, damit man dahinter den Knochenschädel erkennen kann. Zu Anfang wollten wir im Anime genau dasselbe machen. Aber selbst bei einem durchsichtigen Helm hat der Schädel immer nur einen Gesichtsausdruck. Haha. Deswegen haben wir diese Abschnitte am Ende herausgeschnitten und wieder abgeändert.
Oshio: Und wie haben Sie es dann inszeniert? Oder haben Sie die Arbeit dem Sprecher überlassen?
Ito: Wir haben beispielsweise einfach Nahaufnahmen von der Rüstung gezeigt. Solche Szenen gab es ja zu Hauf.

* Studio hinter dem »Overlord«-Anime.

Mehr Ausdruck als im Original

Oshio: In der Szene, in der Clementine besiegt wird, war besonders eindrucksvoll, wie die einzelnen Plaketten der von ihr getöteten Abenteurer auf dem Boden aufschlugen. Daneben gab es noch mehrere Szenen, die es im Original nicht gab, die aber wirklich beeindruckend die Hintergründe der Charaktere erklärten.
Ito: Also solche Nuancen gab es durchaus auch schon im Original. Nun ja, im Grunde ist es aber nur eine Szene, wo jemand erdrückt wird. Haha. Deswegen wollten wir nicht nur eine Umarmung, sondern dem Ganzen auch noch ein weiteres Bild geben. Dadurch konnten auch die Umstände ein bisschen genauer erklärt werden, deswegen haben wir in diesem Abschnitt versucht, so viele Bilder wie möglich zu nutzen. In der Vorlage von Herrn Maruyama sind die Andeutungen meist etwas unklar, aber ich finde, dass diese brutale Art gut zum Original passt. Haha.
Oshio: Für die Zuschauer, die auch die Bücher gelesen haben, war es bestimmt spannend, all die Unterschiede zu finden.
Ito: Bestimmt wissen es die Leser der Bücher schon, aber im Original taucht später auch die Schwester von Ninya auf. Im Nachwort eines Bandes stand: »Hier habe ich die Andeutungen klarer gemacht«, aber ich habe den Band dann ein weiteres Mal gelesen und konnte die Andeutungen immer noch nicht herauslesen! Haha. Vielleicht hört es sich wie eine Ausrede an, aber wir haben auch zusätzlichen Inhalt eingefügt, damit man klarer versteht, dass Ninya ein Mädchen ist.
Oshio: Diese Tricks, wie man Worte in Bilder fasst, finde ich sehr faszinierend.
Ito: Vielen Dank. Es gibt da noch jede Menge mehr zu erzählen.
Oshio: Nur so nebenbei: Sind Sie für alle Storyboards verantwortlich oder besprechen Sie sie mit den Mitarbeitern?
Ito: Natürlich haben auch andere Mitarbeiter Storyboards gezeichnet. In solchen Fällen erkläre ich der jeweiligen Person in Worten alles, was passieren soll, aber wenn das Storyboard fertig ist, gibt es immer Bilder, an die ich nie gedacht hätte. Manchmal übernehmen wir das dann so, aber sollte noch irgendetwas an den Bildern fehlen, ändern wir das ab oder zeichnen Bilder neu. Es gibt da ganz unterschiedliche Fälle.
Oshio: Ähm, Albedos Gesichtsausdruck, als sie den Ring abgeben muss…
Ito: Das war gut, oder?! Da haben wir direkt das Storyboard von Ryoichi Kuraya übernommen. Ich habe das Gefühl, als hätte ich für Folge 11 überhaupt nichts gemacht. Haha. Die Unterhaltung zwischen den Abenteurern findet an dem gleichen Ort wie in Folge 5 statt, daher habe ich die Höhe des Tisches an die Szene angepasst und gleichzeitig die Positionen der verschiedenen Charaktere verbessert. Ansonsten habe ich echt nichts gemacht. Ich habe sogar die lustige Stelle mit Pandora's Actor einfach übernommen.
Oshio: Und dann, ich glaube, es war in Folge 1, als Mare seinen Rock kurz runterdrücken muss. Sein Gesicht sagt: »Mist! Ich wurde erwischt!« So einen Ausdruck kann man nur in einem Anime erzeugen. Wer hatte die Idee dazu?
Ito: Ich glaube, ich habe das so entschieden. Aber bestimmt steckt ein Zeichner dahinter, dass er beim Herunterspringen so schwankt.
Oshio: Dass er sich den Rock festhält, war eine tolle Idee.
Ito: Ich wollte ausdrücken, dass in Mare gerade sehr viele Gedanken vorgehen. Ich habe viel darüber nachgedacht und schließlich entschieden, dass er sich weiblich geben soll. Aber selbst wenn er das nicht gemacht hätte, würde er nicht besonders männlich wirken. Haha.
Oshio: In gewisser Weise ist das ein Schlüssel zur Serie. Bei vielen Figuren gibt es eine große Kluft zwischen

Charakter und Aussehen. Genauso auch Albedo und Shalltear. Bei Ainz unterscheidet sich sein Inneres sogar komplett von seinem Äußeren.
Ito: Das ist aber auch einer der Gründe, warum es ein spannendes Werk ist.

Geheimnisse hinter den Computeranimationen

Oshio: Darüber hinaus passen die Szenen mit heftigen Bewegungen perfekt in diese Fantasywelt. Ich finde, dass die Computeranimationen dafür gut eingesetzt wurden. Am besten kann man das beim Kampf gegen den Skelettdrachen erkennen. Wollten Sie das von Anfang an mit Computeranimationen machen?
Ito: Ja. Ehrlich gesagt, hatten wir diese Szene schon bei den Vorbesprechungen so eingeplant. Haha. Weil wir schon bei der Konzeptphase wussten, wie eindrucksvoll dieser Abschnitt werden musste, habe ich gleich Mitarbeiter gefragt, die sich damit auskennen. Als Nächstes musste ich diesen Mitarbeitern genau erklären, wo sich die Figuren befinden. Aber Computeranimationen kosten viel Zeit, daher musste die Arbeitszeit natürlich auch für die restlichen Folgen reichen.
Oshio: Wie lange hat es gedauert, die Computeranimationen fertigzustellen?
Ito: An dem Abschnitt mit dem Skelettdrachen wurde ab Februar oder März gearbeitet. Am Ende sind wir aber erst kurz vor dem Ausstrahlungstermin damit fertig geworden.
Oshio: Also hat es etwa fünf Monate gedauert?
Ito: Das Erstellen der Charaktermodelle hat viel Zeit gekostet, und dann fehlten ja noch die Bewegungen. Hier kann ich etwas Interessantes erzählen: Ich habe mehrfach während der Produktion Zwischenstadien der Computeranimationen gesehen und dachte jedes Mal: »Reicht das nicht eigentlich?«, aber Shuhei Yabuta von der CG-Regie wollte einfach nicht nachgeben. Das ist zwar in Ordnung, aber es gab auch schon einen weiteren Plan, für den wir einen Nekrosomriesen animieren mussten, eine gewaltige Bestie aus Knochen und Schlamm, obwohl er nur in wenigen Bilder auftauchen sollte.
Oshio: Ach, dieser Riese auf dem Friedhof!
Ito: Wenn man genau hinsieht, erkennt man es bestimmt, aber Computeranimationen wurden nur in wenigen Abschnitten eingesetzt. Der Skelettdrache war von vornherein eingeplant, daher gab es kein Problem, ihn mit einem Computer zu animieren, aber da der Nekrosomriese nur kurz auftaucht, haben wir schließlich keine 3D-Animation für ihn verwendet. Als die Zeit dann knapp wurde und ich mir schon Sorgen machte, kam Herr Yabuta plötzlich zu mir und zeigte mir ein Zwischenstadium des Skelettdrachen und sagte: »So sieht es momentan aus.« Dann sagte ich: »Tut mir leid! Aber legt ein paar Texturen drauf, wir müssen das jetzt so verwenden!« Und dann haben wir es so verwendet. Haha.
Oshio: War das auch eine Art der Improvisation?
Ito: Das kann man so sagen. Ich wusste nicht, wann ich eine fertige Animation bekommen würde, daher passte es einfach perfekt ins Timing.
Oshio: Gab es außer dem Einsatz der Computeranimationen sonst noch Probleme?
Ito: Die größten Probleme hatte ich damit, passende Bilder für die Computeranimationen zeichnen zu lassen bzw. dafür zu sorgen, dass die Computeranimationen gut in die Bilder passen. Um das zu bewerkstelligen, muss erst der erste Schritt abgeschlossen sein, bevor man am nächsten Schritt weiterarbeiten kann. Durchs Warten geht natürlich viel Zeit verloren, daher ist es meiner Meinung nach am besten, wenn man solche Szenen vermeidet. Also sollte man schon beim Erstellen des Storyboards reine Computeranimationen und reine Zeichnungen bevorzugen und nur wenige Mischszenen einbauen. Aber bei diesem Anime waren es am

Ende dann doch viele Mischszenen. Haha.

Oshio: Es kommt mir vor, als müsste ein Regisseur ständig den Terminkalender der ganzen Serie planen müssen. Ist das sehr wichtig im aktuellen Animegeschäft?

Ito: Ich weiß nicht genau. Bestimmt ist da jeder Regisseur ein bisschen anders. Aber Dinge wie »Da dieser Mitarbeiter da ist, möchte ich ihn arbeiten lassen« oder »Da dieser Mitarbeiter nicht da ist, fehlt es hier an Arbeitskraft« übernimmt eigentlich der Herstellungsleiter. Aber da ich in diesem Bereich Erfahrung habe, nehme ich diese Aufgabe auch in die Hand.

Oshio: Sie übernehmen also die Aufgabe, alle Mitarbeiter unter einen Hut zu bringen. Werden Sie dabei von den Produzenten unterstützt?

Ito: Ganz genau. Wenn man sich beschwert, dass es an Personal fehlt, wirkt sich das schlussendlich nur auf die Moral aus. Deswegen sollte man versuchen, alles unter einen Hut zu bringen, was meiner Meinung nach am Ende für ein besseres Produkt sorgt.

Die Geheimnisse hinter dem mechanischen Design

Oshio: Eine Sache beschäftigt mich: Obwohl es sich hier um eine Fantasywelt handelt, sind einige Designs wie die Engel oder Shalltears Rüstung und Pipettenlanze interessanterweise sehr mechanisch…

Ito: Das liegt daran, dass der Gegenstandsdesigner Izumojuki darum gebeten hat. Er ist vor allem für das Xbox-Spiel »Steel Battalion« bekannt, wo er für das Design der Roboter zuständig war. Er hatte auch schon an dem Anime »The Irregular at Magic High School« von Madhouse mitgearbeitet, deshalb hat Herr Hashimoto ihm ein weiteres Angebot für diese Serie gemacht. Auch die Illustrationen des Originals waren ein bisschen mechanisch, weswegen das gut gepasst hat. Die Pipettenlanze ist ganz anders als in den Bildern des Originals geworden, aber so sieht sie einer Pipette etwas ähnlicher, oder? Ehrlich gesagt hatten wir mehrere Designs für die Lanze, aus denen wir ausgewählt haben. Eine sah einem Kamerabalg sehr ähnlich. Aber da wir auch Rücksicht auf das Animationsteam nehmen mussten, haben wir uns für das aktuelle einfache Design entschieden. Die Rüstung wurde von Herrn Yoshimatsu designt und ist sehr nah am den Illustrationen des Originals, wobei die auch eher Kampfrobotern ähnelten. Haha.

Oshio: Das stimmt. Hihi.

Ito: Bei dem Bild der Engel im Original dachte ich auch: »Sollen das wirklich Engel sein?«, weil sie so mechanisch waren. Aber es hat gut zu dem Geschmack von Izumojuki gepasst. Wir hätten also jegliches Design von ihm akzeptiert, sofern es nicht zu unpassend gewesen wäre.

Oshio: Sie haben also das Original als Vorlage genommen und gleichzeitig die individuellen Stärken ihrer Mitarbeiter perfekt ausgeschöpft. Es ist wirklich fantastisch, wie alles zusammengepasst hat.

Ito: Das stimmt. Ich hatte ungemeines Glück dabei.

Bis das Charakterdesign feststeht

Oshio: Zum Schluss möchte ich noch ein bisschen über das Charakterdesign sprechen. Auch wenn es Fantasy ist, ist es doch meiner Meinung nach ein Werk, bei dem unterschiedliche Geschmäcker vermischt werden, um ein ganz eigenes Weltbild zu erzeugen. Besonders eindrucksvoll war für mich, wie sich Shalltear während der Blutraserei in ein Monster wie aus einer japanischen Horrorgeschichte verwandelt.

Ito: Vielen Dank! Wir haben von so-bin mehrere Konzeptzeichnungen erhalten, aber sie waren zu detailverliebt, weshalb man sie nur schwer in ein Anime integrieren konnte. Die Richtung des Charakterdesigns haben wir dennoch an den Zeichnungen von so-bin angelehnt und sie gleichzeitig mit Herrn Yoshimatsu besprochen.

Oshio: Wie läuft denn der Prozess genau ab, wenn sich die ursprünglich statischen Bilder plötzlich bewegen müssen?

Ito: Lassen Sie mich kurz überlegen. In den Zeichnungen von so-bin haben die Kleidungen und die Haare immer einen wallenden Effekt. Das zu animieren, ist aber fast unmöglich… Natürlich wollten wir sie trotzdem umsetzen, aber die Bewegungen waren einfach zu viel, daher wollten wir einen Effekt darüberlegen, was aber wiederum am Ende weitere Probleme verursacht hätte. Wir haben uns viele Gedanken gemacht. Und dann müssen sie auch noch mit dem Opening zusammenpassen. Ehrlich gesagt, war das Charakterdesign für das Opening noch gar nicht fertig, weshalb wir dem Team nur die Bilder des Originals gegeben haben. Es ist wirklich gut geworden, daher haben wir es einfach so übernommen. Um das Charakterdesign dennoch stimmig zu halten und zu gewährleisten, dass es zum Plot der Geschichte passt, mussten wir allerlei abwägen.

Oshio: Sie haben also alles Ihrer Macht stehende getan und schließlich ein beeindrucktes Produkt abgeliefert. Haben Sie aus den verschiedenen Möglichkeiten schließlich dieses Charakterdesign ausgewählt, weil dadurch der Charme der Illustrationen des Originals hervorgehoben wurde?

Ito: Die frühen Bilder von so-bin waren noch mit Öl gemalt, aber in letzter Zeit gibt es dort auch niedliche Mädchen und starke, harte Kerle. Es scheint mir fast, als könnte er einfach alles zeichnen. Deswegen dachte ich, dass eigentlich jede Richtung irgendwie passen könnte. Deswegen habe ich mich an unseren Charakterdesigner Herrn Yoshimatsu gewandt, schließlich sollte das Design auch zu seinem Stil passen. Herr Yoshimatsu ist an vielen Projekten beteiligt, deswegen wollte ich ihm nicht unnötig Stress bereiten. Mit diesen Gedanken im Kopf haben wir viel ausprobiert und die Ausstrahlung von Ainz und den anderen Beschützern ein wenig verändert. Am meisten hat mich allerdings Gazef beschäftigt. »Ein erwachsener menschlicher Mann.« Ich habe genau auf die Zeichnungen geachtet, damit am Ende ein stattlicher Kerl herauskommen konnte. So-bin hat uns auch immer wieder Ratschläge gegeben, und da ich überzeugt war, dass sein Rat hilfreich war, habe ich ihn einfach machen lassen. Wir reden hier vom Charakterdesign, dabei hat die Hauptfigur nur einen Schädel als Gesicht. Haha.

Oshio: Die Charaktere sehen jetzt alle sehr klar aus.

Ito: Das stimmt. Sie sollen ja auch ihre Rollen ausfüllen. Die Cover von so-bin sind wirklich beeindruckend. Wie lange man sie auch anschaut, man findet immer wieder Feinheiten, die man zuvor nicht entdeckt hat. Bei einem Anime muss man aber jede Sekunde mehrere Bilder zeigen, daher ist es wichtig, alle Informationen in kürzester Zeit zu zeigen.

Wahre Worte über den gleichzeitigen Start des Anime und des Manga

Oshio: Was denken Sie über die Reaktionen ihrer Zuschauer? Gab es da auch überraschende Reaktionen?

Ito: Ich habe vorher schon über die Schwierigkeiten geredet und daran lässt sich leider nichts mehr ändern, weswegen ich mich auch auf Kritik gefasst gemacht hatte. Dennoch dachte ich, dass man die Serie bestimmt mit Vergnügen anschauen könnte. Beim Anschauen der ersten beiden Folgen dachte ich etwas wehmütig: »Das hätte noch spannender sein können, aber mehr haben wir leider nicht geschafft.« Aber die Reaktionen der Zuschauer waren dann doch besser als erwartet, was mich wiederum glücklich gemacht hat.

Oshio: Dank Ihnen sind auch die Verkaufszahlen des Originals und des Manga angestiegen.

Ito: Das liegt aber daran, dass das Original von Herrn Maruyama so spannend ist. Wenn man dieser spannenden Geschichte eine andere Form gibt, kommt am Ende ein interessantes Werk dabei heraus. Deswegen habe ich alles gegeben, damit der Anime dem Original gerecht wird. Das war gar nicht so einfach. Haha. Einige beschwerten sich auch, dass die eine oder andere Szene fehlte.
Oshio: Das höre ich beim Manga auch oft. Es ist gar nicht leicht auszuwählen, was man reinnimmt und was man auslässt. Beim Anschauen war ich ganz neidisch auf die bewegten Bilder, weil man in die einfach viel mehr Informationen hineinpacken kann.
Ito: Beim Lesen des Manga habe ich sofort gemerkt, dass die Panels sich von den Texten im Anime unterscheiden, aber das sind wohl die Unterschiede zweier Medien.
Oshio: Bestimmt wurde das Mangaprojekt zu »Overlord« als Erstes angeschoben. Nach den Romanen natürlich. Deswegen müssen erst einmal Leser gefunden werden! Also muss zuerst der Anfang der Geschichte ins Rollen gebracht werden. In »Comp Ace«* sind bisher viele Werke erfolgreich gelaufen, die Serien anschieben sollten. Und wenn man dann den Anime sieht…
Ito: Sie haben sich aber Zeit gelassen. Haha. Na ja, das war ja auch alles Teil der Strategie.
Oshio: Ich stoße ja auch an meine Grenzen, daher hätten wir das ruhig noch etwas langsamer angehen können. Ehrlich gesagt, verlangsamen wir gerade ein wenig das Tempo.
Ito: Das hat auf mich auch so gewirkt. Haha.
Oshio: Wenn man es etwas ruhiger angeht, ist das am Ende besser für alle Beteiligten.
Ito: Wie weit soll der Comic denn fortgesetzt werden?
Oshio: Ich möchte ihn so weit machen, wie es geht.
Ito: Ich möchte noch ganz viele Bilder sehen. Haha.
Oshio: Vielen herzlichen Dank für dieses aufschlussreiche Gespräch. Ich freue mich, dass sie den Manga lesen.
Ito: Während wir uns so gegenseitig beobachtet haben, kamen mir immer Gedanken wie: »Wer hat was zuerst gemacht?« oder »Uah! Er hat mir etwas vorweggenommen!« Hehe.
Oshio: Im ersten Kapitel des Mangas hatte ich geschrieben: »sondern ein Overlord, der den Tod überwunden hat«. Als das in dem zweiten Werbevideo verwendet wurde, dachte ich: »Das haben die bei mir abgeschrieben!« Haha.
Ito: Der Manga benutzt viel Text aus dem Original und ähnelt damit dem Anime. Aber ich hatte mir schon gedacht, dass Sie das gemerkt haben.
Oshio: Bei der Nachvertonung wurde Lizzie Bareare nicht traurig, sondern irgendwie stolz vertont, deswegen habe ich mich entschieden, sie auch im Manga ähnlich zu zeigen. Es hat mich sehr motiviert, dass Anime und Manga zur selben Zeit produziert wurden. Ich habe sehr viel dabei gelernt.
Ito: Ich genauso. Wir haben uns mit aller Kraft angestrengt.

* japanisches Manga-Magazin, dort wird »Overlord« kapitelweise veröffentlicht.

OVERLORD
Special

Informationen übers Setting
Die Welt im Jahre 2138

Text: Satoshi Oshio
Anleitung: Kugane Maruyama

Die Welt im Jahre 2138

Text: Satoshi Oshio Anleitung: Kugane Maruyama

OVERLORD

Die Welt im Jahre 2138, aus der Satoru Suzuki stammt, der zu Ainz geworden ist. Hier verraten wir Geheimnisse, die man selbst in den Romanen von »Overlord« nicht erfahren kann! Zwar spielen diese Informationen für die Ereignisse in »Overlord« keine große Rolle, interessant sind die Hintergrundinfos aber allemal!

1. Umwelt

»Wirklich hervorragend… Nein, mit so einem schlichten Wort kann man es nicht ausrücken«, murmelte Momonga. »Was würde Blue Planet wohl sagen, wenn er das sehen könnte?«
Vor ihm erstreckte sich eine Welt, deren Luft, Wasser und Erde noch nicht verschmutzt waren.
Er dachte an seinen alten Kameraden zurück. Bei einem der wenigen Treffen der Gildenmitglieder in der realen Welt hatte Momonga ihn einen Romantiker genannt. Blue Planet besaß ein wie aus Stein gemeißeltes Gesicht, auf dem immer ein freundliches Lächeln zu sehen war. Er hatte es geliebt, den Sternenhimmel zu beobachten.
(Aus »Overlord Band 1: König der Untoten«, Seite 188 ff.)
Hoch über der Arena in der sechsten Ebene der Großgruft von Nazarick erstreckte sich ein schöner Himmel, der sich im Tagesverlauf veränderte. Dieser Himmel war von Blue Planet erschaffen worden, einem der 41 Erhabenen. Er hatte angefangen, »Yggdrasil« zu spielen, um dort etwas von der Schönheit wiederherzustellen, die in der realen Welt verloren gegangen war.
Im Jahre 2138 war die Zerstörung der Umwelt weit vorangeschritten, weshalb man unverfälschte Natur nur in Spielwelten zu sehen bekam. Der Himmel wurde meistens von schwarzem Smog verhüllt, hinter dem nur selten die Sonne hervorstach. Durch die vielen Schadstoffe in der Luft gab es kaum jemanden, der sich ohne Atemschutzmaske aus dem Haus wagte. Die Pflanzen, die eigentlich das CO_2 in Sauerstoff umsetzen sollten, waren durch den Mangel an Sonnenlicht größtenteils eingegangen, weswegen sich die Luftverschmutzung weiter verschlimmerte. Durch das Verschwinden der Pflanzen waren auch die Vögel und Insekten vom Aussterben bedroht, die auf die Früchte und Blätter als Nahrungsquelle angewiesen waren.
Natürlich war die Verschmutzung auch im Wasser zu beobachten, und viele Flüsse hatten sich unschön verfärbt, während in allen Gewässern jede Menge Unrat schwamm. Die Wasserqualität war schon so schlecht, dass man das Wasser aus einem Hahn kaum trinken konnte.
Landwirtschaft, die ja auf sauberes Regenwasser und Sonnenlicht angewiesen ist, war so gut wie verschwun-

den. Stattdessen wurden Früchte und Nutzpflanzen in großen Kuppelanlagen gezüchtet. Der Preis für Lebensmittel war drastisch gestiegen. Insbesondere frisches Gemüse war ein Luxus geworden, den sich normale Bürger kaum leisten konnten.

2. Politik

»Körperlich? Ich bin ziemlich am Ende. Es ist zwar nicht so schlimm, dass man damit zum Arzt gehen muss, aber schon kurz davor. Ich würde am liebsten weglaufen, aber um Essen auf den Tisch zu bekommen, muss ich ja arbeiten gehen. Wie ein Sklave muss ich jeden Tag bis zum Umfallen schuften.«
(Aus »Overlord Band 1: König der Untoten«, Seite 15 ff.)
Im Jahre 2138 wurde die Welt nicht von Regierungen, sondern von Konzernen beherrscht. Gewaltige Konzernkonglomerate hatten viele Gesetze abschaffen lassen, sodass die Einwohner mehr oder weniger von Firmen kontrolliert wurden.
Zum Ende der 21. Jahrhundert zeigte das Sozialsystem langsam Risse, doch glücklicherweise konnte die Ordnung weiter aufrechterhalten werden. Zu Beginn des 22. Jahrhundert gab es jedoch wegen der immer schlimmeren Umweltverschmutzung, des Zusammenbruchs der Grundversorgung und des Sterbens der Landwirtschaft gewalttätige Aufstände. Die Aufstände gipfelten schließlich in einer Revolution, bei der sich die Unzufriedenheit der Bürger mit den Politikern entlud, die größtenteils gelyncht wurden.
Durch die Revolution kamen auch die Staatsgeschäfte zum Erliegen, sodass die Großkonzerne das Kraftvakuum ausnutzen konnten, um Exekutive, Legislative und Judikative endgültig an sich zu reißen. Durch die Inbesitznahme der zuvor dreigeteilten Staatsgewalt hatten sie damit die Herrschaft über die Welt übernommen.
Dabei waren es eigentlich die Konzernkonglomerate, die ursprünglich für die Umweltverschmutzung verantwortlich waren. Hätten sie die Wirtschaft nicht kaputt gemacht, hätte es auch keinen Mangel an Nahrungsmitteln gegeben und es wäre zu keiner Revolution gekommen. Vielleicht wurde die Welt also schon lange vorher von den Großkonzernen kontrolliert.
Die Großkonzerne zogen sich in ökologisch reine Städte namens Arkologien zurück, während ihre Mitarbeiter und Zulieferer draußen in einer komplett anderen, viel düsteren Welt leben mussten.
Gewissermaßen wurden Arkologien zu eigenständigen Staaten, die jeweils nur aus einer unabhängigen Stadt und ihrem Umland bestanden. Von Zeit zu Zeit führten die einzelnen Arkologien auch Kriege untereinander.

3. Sicherheit

Zur Firma gehen, arbeiten, heimkehren und schlafen. Bis jetzt war er nach dem Heimkommen immer nach Yggdrasil gegangen und hatte sich darauf vorbereitet, dass irgendwann auch einer seiner Kameraden kommen würde. Doch das gab es jetzt auch nicht mehr. Hatte es überhaupt noch einen Sinn, in diese Welt zurückzukehren?
(Aus »Overlord Band 1: König der Untoten«, Seite 129 ff.)
Im Jahre 2138 hatten die Regierungen so gut wie alle Funktionen eingestellt, wodurch auch die Polizei gelähmt wurde. Natürlich litt darunter auch die öffentliche Sicherheit. Es war zwar wegen der kriminellen Banden und der Cyberhacker erwartet worden, dass die Gesellschaft im Chaos versinken würde, aber das war nicht der Fall gewesen. Die meisten Menschen gingen weiter geregelt ihrer Arbeit nach. Und selbst wenn eine Firma ihre Arbeiter nicht gut behandelte, beschwerten die Arbeiter sich nicht. Es gab nur wenige,

die sich den Konzernen widersetzten.
Denn wer sich nicht dem System der Konzerne unterwarf, der konnte in dieser Welt nicht überleben.
Zuvor konnte man gefeuert werden und sich dennoch irgendwie selbst versorgen, doch im Jahre 2138 träumte längst niemand mehr von persönlicher Unabhängigkeit. Wenn man einen Samen in den verschmutzen Boden gepflanzt hätte, so wäre dieser niemals aufgegangen. Die Leute in den Städten, die keine Arbeit hatten, mussten anderen ihr Essen rauben oder elendig verhungern. Niemand hatte den Mut, aus dem System auszusteigen, sodass alle weiterhin die Befehle der Firmen befolgten.
Sehr selten wurden Personen der Oberschicht (die ausnahmslos zur Führung der Konzerne gehörten) bei Besuchen in Fabriken von Terroranschlägen getroffen. Ansonsten hatte diese Schicht nichts zu befürchten, denn sie lebte abgeschieden von den anderen in einer eigenen Welt.
Die meisten Angehörigen der Oberschicht konnten nur von ihresgleichen angegriffen werden, und in solchen Fällen war nicht ihr eigenes Leben in Gefahr, sondern das Leben der Unterschichtler. Schließlich waren es Mitglieder der Unterschicht, die für die reichen Leute gegen ihresgleichen in den Krieg ziehen mussten.
Für die meisten Menschen der Oberschicht waren Terror, Krieg und Verbrechen etwas Fremdes, das nur in einer weit entfernten Welt stattfand.
Würde es in dieser Welt einen wahrlich rechtschafften Polizeibeamten geben, würde er bestimmt bald daran verzweifeln, weil es dort keinen Platz für Gerechtigkeit gab.

4. Bildung

Die Abenteuer hatten Spaß gemacht. Aber noch viel besser war es, mit seinen Freunden zu spielen.
Seine Eltern waren längst verstorben, und in der realen Welt hatte Momonga auch keine Freunde, weshalb die Gilde Ainz Ooal Gown der einzige Ort war, an dem er so etwas wie Freundschaft erleben konnte.
(Aus »Overlord Band 1: König der Untoten«, Seite 45 ff.)
Als die Großkonzerne die Macht ergriffen hatten, war die allgemeine Schulpflicht abgeschafft worden, um so die Bildungskosten zu senken. Das eigentliche Ziel war es aber, die unteren Schichten unmündig zu halten.
So musste man im Jahre 2138 selbst für den Besuch der Grundschule Gebühren bezahlen.
Eltern, die wollten, dass ihre Kinder eine Chance auf eine ordentliche Arbeit hatten, schickten sie auf die Schule, doch für die Unterschicht war es kein einfaches Unterfangen, das Geld für die Schulgebühren aufzutreiben. Deswegen gab es viele Eltern, die so sehr für das Schulgeld ihrer Kinder schufteten, dass sie dadurch krank wurden.
Zu Beginn waren die Schulgebühren noch relativ gering gewesen, aber da die Oberschicht der Unterschicht die Möglichkeit einer Schulausbildung nehmen wollte, wurden sie immer weiter erhöht.
Im Jahre 2138, als die Reichen die Welt beherrschten, waren Menschen, die ärmer waren als sie selbst, nichts weiter als Drohnen, die für den Reichtum der Oberschichten schuften mussten. Die Arbeiter sollten einfach nur die Befehle ihrer Vorgesetzten befolgen und nicht aus eigenen Stücken denken. Eigenes Denken sorgte nur dafür, dass das eingespielte Teamwork durcheinandergeriet oder die öffentliche Sicherheit durch subversive Ideen gefährdet wurde. Die Oberschicht wollte, dass die Unterschicht dumm bleibt, und sorgte dafür, dass immer mehr Schulen geschlossen werden mussten.
Selbst wenn man die Grundschule absolvierte und sich ein gewisses Grundwissen aneignete, konnte man seinen Verstand doch nur als Zahnrad im System einsetzen. Trotzdem gehörte man damit noch zu den Gewinnern innerhalb der Unterschicht.

5. Unterhaltung

Die beiden nörgelten immer öfter über ihre Arbeit.
Über einen Mitarbeiter, der einfache keine Informationen weitergeben konnte. Über ein Handbuch, das von einem Tag auf den anderen vollkommen anders war. Darüber, dass zu viel zu tun war und man deswegen tagelang nicht nach Hause kam. Darüber, dass der Tagesablauf komplett durcheinandergeriet und man dadurch krank wurde. Und darüber, dass man immer mehr Medikamente nehmen musste.
(Aus »Overlord Band 1: König der Untoten«, Seite 45 ff.)
Welche Unterhaltung gab es für die Menschen in der Welt im Jahre 2138, die von Konzernen kontrolliert wurde?
Da im Jahre 2138 die Grundversorgung zusammengebrochen war, war es für die armen Leute schwierig, an frisches Fleisch oder Gemüse zu kommen, weswegen sie ihre Nährstoffe zum Großteil aus verarbeiteten Lebensmitteln und Nahrungsergänzungsstoffen bezogen. Durch die horrenden Lebensmittelpreise war auch die Gastronomie zum Erliegen gekommen. Nur als Bewohner einer Arkologie konnte man noch in den Genuss kommen, in einem Restaurant essen zu gehen.
Durch die hohe Luftverschmutzung war auch nicht daran denken, sich im Freien mit Sport fit zu halten. Für das Benutzen einer Sporthalle musste man wiederum hohe Gebühren bezahlen, was sich die armen Leute genauso wenig leisten konnten.
Das Meer und die Berge waren ebenfalls verschmutzt, sodass es einem Selbstmord gleichkam, solche Orte zu besuchen.
Die einzige Unterhaltung, die der Unterschicht in dieser Welt blieb, war die, die man zu Hause konsumieren konnte: Brettspiele wie Schach oder Go, Filme über Streamingdienste und natürlich DMMO-RPGs.
Durchs das Betreten der Welt eines DMMO-RPGs konnte man, ohne sein Zimmer verlassen zu müssen, schöne Landschaften genießen und über die Displays mit anderen Menschen in Kontakt treten. Den bei der Arbeit aufgestauten Frust wurde man beim Verprügeln der Monster los, und selbst ein Eigenheim, von dem man in der realen Welt nur träumen konnte, war dort erreichbar.
Der Erfolg der DMMO-RPGs im 22. Jahrhundert ist nicht nur auf den Spielspaß zurückzuführen, sondern war für viele auch ein Zufluchtsort aus der realen Welt, aus der es für sie sonst kein Entkommen gab.
Für einige waren DMMO-RPGs nicht nur eine Alternative zur realen Welt, sondern ihr wahres Zuhause.
Natürlich waren die DMMO-RPGs, die den Leuten zumindest etwas Freude bereiteten, ebenfalls von Tochterfirmen der Großkonzerne erschaffen worden. Vielleicht gehörten also auch sie letztlich zum Plan der Großkonzerne…

OVERLORD
Episode:08
HE, IHR...
MACHT DAS TOR AUF!
R...RED KEINEN QUATSCH!
DA DRAUSSEN WARTET EINE GANZE ARMEE VON UNTOTEN!
NA UND?
SPIELT DAS FÜR MICH...
... FÜR MOMON IRGENDEINE ROLLE?

OVERLORD
Original Story:
Kugane Maruyama
Art:
Hugin Miyama
Character Design:
so-bin
Szenario:
Satoshi Oshio

Episode:08

OVERLORD

3

Original Story:
Kugane Maruyama

Art:
Hugin Miyama

OVERLORD

3

Original Story: Kugane Maruyama
Art: Hugin Miyama
Character Design: so-bin
Szenario: Satoshi Oshio

Original Story: Kugane Maruyama
Art: Hugin Miyama

Zusammenfassung von Band 2

Momonga, die Hauptfigur dieser Geschichte, war ein Spieler des einst beliebten DMMO-RPGs »Yggdrasil«, wo er die Rolle des Gildenmeisters von »Ainz Ooal Gown« war, einer der mächtigsten Gilden im Spiel. Nach einiger Zeit näherte sich jedoch der Moment, wo die Spielserver von »Yggdrasil« abgeschaltet werden sollten. Die anderen Gildenmitglieder waren längst ihrer Wege gegangen, nur Momonga saß einsam und allein in der Gildenbasis »Großgruft von Nazarick« und wartete darauf, dass die Server offline gingen.

Doch als der Zeitpunkt längst verstrichen war, bemerkte Momonga etwas Seltsames. Erst dachte er, das Ende sei nur verschoben worden. Aber dann lächelte die NSC-Figur Albedo ihn freundlich an und fragte: »Gibt es irgendein Problem?«

Auch die anderen NSCs verhielten sich plötzlich so, als wären sie lebendig, und unterhielten sich mit Momonga, als hätten sie einen eigenen Willen.

Als er die Bewegungen der NSCs so betrachtete, war er sicher, dass etwas passiert sein musste, daher befahl er dem NSC Sebas, die Umgebung der Gildenbasis abzusuchen. Es stellte sich heraus, dass Momonga sich nicht länger in der Spielwelt von »Yggdrasil« befand, sondern in eine völlig andere Welt geschleudert worden war.

Erst war sich Momonga aufgrund der veränderten Lage nicht sicher, was er tun sollte. Doch dann dachte er über seine Situation nach und entschied, dass es für ihn eigentlich keinen Grund gab, in

die reale Welt zurückzukehren. Aufgrund der Annahme, dass eventuell auch weitere Gildenmitglieder in dieser Welt gelandet sein könnten, entschied er, seinen Namen überall bekannt zu machen, damit er seine Freunde vielleicht eines Tages wiedersehen würde. Daher nahm er den Namen der Gilde »Ainz Ooal Gown« als seinen eigenen an.

Um Informationen über die Umgebung zu sammeln, brach Ainz, verkleidet als Abenteurer Momon, gemeinsam mit seiner Gefährtin Narberal in die Stadt E-Rantel auf. Dort arbeiteten sie mit einer Gruppe namens »Klingen der Dunkelheit« zusammen und nahmen einen Auftrag von Nfirea an,

dem Enkel der Alchemistin. Bei der Suche nach Kräutern stieß Ainz mit einer mysteriösen Bestie zusammen, die sich als König des Waldes entpuppte. Im Handumdrehen gelang es ihm, den König des Waldes zu besiegen und ihn zu seinem Diener zu machen. Gleichzeitig taufte er ihn auf den Namen Hamsuke.

Die »Klingen der Dunkelheit« kehrten vor Ainz zurück und wurden von Clementine überfallen, die es auf Nfirea abgesehen hatte. Dabei verlor die ganze Gruppe ihr Leben. Clementine, Anführerin der Geheimorganisation Zurrernorn, arbeitete mit einem weiteren Anführer namens Khajiit zusammen, um Nfirea zu kontrollieren. Schließlich brach Ainz zum Friedhof auf, um Nfirea zu retten. Ganz allein kam er den beiden Torwachen zu Hilfe, die gerade angegriffen wurden.

Interpretative Notizen des Overlords

Charakterprofile

Ainz Ooal Gown (Momonga)

Hauptfigur und Gildenmeister von »Ainz Ooal Gown«. In der realen Welt war er ein normaler Angestellter. Um seinen Namen bekannt zu machen, nahm er den Namen der Gilde an. Als Abenteurer Momon geht er auf Informationsbeschaffung.

Ainz Ooal Gown

Demiurg

Dieser Dämon trägt den Spitznamen »Erschaffer des roten Infernos« und gilt durch sein taktisches Talent auch als Gehirn von Nazarick. Obwohl er zu leichtfertiger Rede neigt, ist sein Charakter kühl und abgebrüht. Er kann mehrere Gestalten annehmen.

Demiurge

Shalltear Bloodfallen

Eine echte Vampirin mit gewaltiger physischer und magischer Angriffskraft. Da ihr Schöpfer ein Fan von Dating-Games war, sind ihre Sprechweise und ihr Charakter stark übertrieben. Nur ihr Busen ist etwas klein geraten.

Shalltear Bloodfallen

Albedo

Dieser weibliche Dämon leitet die Geschäfte von Nazarick. Ihre Werte sind vor allem auf Verteidigung spezialisiert. Da Ainz ihre Hintergrundgeschichte manipuliert hat, ist ihr Charakter verändert und sie vernarrt in ihn.

Albedo

Sebas Tian

Der Butler befehligt die Diener der Großgruft von Nazarick. Wie die anderen Beschützer wird er von Ainz regelmäßig zu diversen Aufträgen entsandt.

Sebas Tian

Cocytus

Ein tapferer Krieger in Form eines Insekts. Mit seinen vier Armen kann er 21 unterschiedliche Waffenarten führen. Seine Gegner fürchten den Schwanz, an dem sich große Spitzen befinden.

Cocytus

Mare Bello Fiore

Er ist der Zwillingsbruder von Aura und besitzt unter anderem die Fähigkeiten eines Druiden. Er ist sehr schüchtern und wagt es deswegen niemals, das Wort gegen seine Schwester zu erheben. Es liegt an der Vorliebe seines Erschaffers, dass er Kleidung für Mädchen trägt.

Mare Bello Fiore

Aura Bella Fiora

Diese Waldläuferin und Monsterbändigerin ist vom Stamm der Dunkelelfen. Sie sieht zwar jung aus, ist aber eigentlich 76 Jahre alt. Dennoch ist sie frech wie ein kleines Kind. Es liegt an der Vorliebe ihres Schöpfers, dass sie Kleidung für Jungs trägt.

Aura Bella Fiora

Khajiit Dale Badanteru

Ein Anführer der Geheimorganisation Zurrernorn. Er möchte Untote einsetzen, um das dunkle Ritual »Spirale des Todes« abzuhalten, und hat deswegen Nfirea entführt.

Khajiit Dale Badanteru

Clementine

Sie war einst bei der Dunkelheit-Schrift und gehört nun zur Geheimorganisation Zurrernorn. Sie besitzt die Kraft einer Heldin und ist somit eine äußerst mächtige Kämpferin.

Clementine

Nfirea Bareare

Er besitzt das seltene Talent, jegliche magischen Gegenstände einsetzen zu können. Er ist auch als Enkel der Alchemistin bekannt und kennt sich gut mit Heilkräutern aus.

Nfirea Bareare

Narberal Gamma

Um unter den Menschen nicht aufzufallen, trägt sie den Namen Nabe und ist gemeinsam mit Ainz als Abenteurerin nach E-Rantel aufgebrochen.

Narberal Γ

TJA, WENN IHR DAS TOR NICHT ÖFFNEN WOLLT, BLEIBT MIR NICHTS ANDERES ÜBRIG...
TAPP
... ALS OHNE ERLAUBNIS LOSZUZIEHEN...
WUSCH
RAUSCH
WARTET DOCH BITTE EINEN MOMENT!
BITTE, NEHMT MEINE WENIGKEIT MIT!
KLETTER DOCH EINFACH DIE TREPPE DA HOCH...
ICH WERDE MEINEM MEISTER SOFORT HINTERHEREILEN!
WAS SIND DAS DENN FÜR WELCHE?

SCHWANK
SCHWANK
DIE SIND ABER LÄSTIG ...
MEIN HERR!!

SPRING
ICH WERDE MICH ALS HILFREICH ERWEISEN!!
WANDEL
SCHRECK
?!
AAARGH!
TOTENSTILLE
...
HM? ICH KANN DIE UNTOTEN GAR NICHT MEHR HÖREN...

DIESER KRIEGER ...
KANN ER ES WIRKLICH MIT DIESER HORDE UNTOTER AUFNEHMEN?
DAS IST DOCH NICHT ETWA...
... DER BERÜCHTIGTE ABENTEURER MIT ADAMANTIUM-PLAKETTE?!
HABEN WIR GERADE EINE LEGENDE GESEHEN?
EIN PECHSCHWARZER KRIEGER...
NEIN...
WOSCH

EIN PECH-
SCHWARZER
HELD...
ALSO
WIRKLICH...
STÖHN
MADAM
NARBERAL...
ES IST DIE
SCHULD
MEINER WE-
NIGKEIT...

W-U-M-M
WESEN MIT LEBENSKRAFT LOCKEN LEICHT UNTOTE AN...
ALSO HALTET DA OBEN DIE FÜSSE STILL!
MUSST DU SO ZAPPELN?
DEIN FELL KITZELT ZIEMLICH!!
ES TUT MIR ZUTIEFST LEID...
SOLLEN WIR VERSTÄRKUNG AUS NAZARICK RUFEN?
MIT EIN PAAR DUTZEND KÄMPFERN WÄREN WIR IM NU...
RED KEINEN MIST!
ARGH
URGH
ABER...
... SO KOMMEN WIR JA NIE VORAN!

WENN WIR ES NICHT AUS EIGENER KRAFT SCHAFFEN, WERDEN WIR KEINEN RUHM ERLANGEN...
UND WENN WIR ZU SCHNELL FERTIG SIND, WIRD NIEMAND DAVON SPRECHEN!
ABER FÜRST AINZ...
WENN ES HAUPTSÄCHLICH UM RUHM GEHT...
... HÄTTEN SIE WARTEN MÜSSEN, BIS DIE UNTOTEN DAS TOR ZERSTÖREN UND UNZÄHLIGE MENSCHEN NIEDERMETZELN...
NEIN, NACH AKTUELLER INFORMATIONSLAGE KONNTEN WIR AUF KEINEN FALL LÄNGER WARTEN...
WÄRE DOCH UNSCHÖN, WENN WIR DEN GEGNERN IN DIE HÄNDE SPIELEN WÜRDEN, ODER?
SCHLITZ
UND ES BESTÜNDE DIE GEFAHR, DASS EINE ANDERE GRUPPE UNS DEN RUHM STREITIG MACHT!
VERSTEHE... WIRKLICH BEEINDRUCKEND, FÜRST AINZ.
SIE HABEN ALLE UMSTÄNDE BEDACHT.
ABER ES NIMMT KEIN ENDE...
STECH
ES BLEIBT MIR KEINE WAHL... ICH MUSS DEN WEG FREI MACHEN!
»Mittlere Untoten-erzeugung ...«

... »Jack the Ripper«...
... »Leichen-sammler«...

AUF SIE!!
SCHLITZ
SPLURSCHT
UND HIER AUCH NOCH ...
»Niedere Untoten-erzeu-gung«!

... »Knochengeier« ...
... »Totengeist« ...
SOLLTE JEMAND AUF DIESEN FRIEDHOF EINDRINGEN, VERSCHEUCHT IHR IHN.
ABENTEURER DÜRFT IHR GERNE TÖTEN. DIE WACHEN MÜSSEN JEDOCH ÜBERLEBEN.
FLATTER
SO SOLLTEN MIR HIER KEINE MENSCHEN IN DIE QUERE KOMMEN...
SCHWEB
GUT...
AUF GEHT'S!
WUPP

IHR TOTEN, DIE WIR RUFEN …
KEHRT AN DIESEN ORT ZURÜCK!
ÜBERRA-SCHEN WIR SIE?
KEINE CHANCE …
SIE HABEN UNS LÄNGST BEMERKT.
STARR

MEISTER KHAJIIT... SIE SIND HIER.
WUSCH
ER VERRÄT DEN NAMEN, OBWOHL DER FEIND HIER IST... ES SIND WAHR-LICH IDIOTEN!
OKAY, ES KÖNNTE AUCH EIN DECKNAME SEIN...
WUSCH
HALLO...
EINE SCHÖNE NACHT...
FAST ZU SCHADE, UM SO EIN ÖDES RITUAL ABZUHALTEN, ODER?
WER GENAU BIST DU?
WIE BIST DU AN ALL DEN UNTOTEN VORBEIGE-KOMMEN?

EIN ABENTEURER MIT EINEM AUFTRAG ...
... AUF DER SUCHE NACH EINEM JUNGEN...
NUR IHR BEIDE? SONST NIEMAND?
ANGENOMMEN, ICH HÄTTE VERSTÄRKUNG, DANN WÜRDE ICH KAUM EHRLICH ANTWORTEN...
IST WOHL WIRKLICH EINE UNWICHTIGE FIGUR.
WIR SIND ALLEIN.
DAS IST UNMÖGLICH!!
DEINE SACHE, OB DU MIR GLAUBST ODER NICHT...
ABER BEI EUCH MUSS DOCH AUCH NOCH JEMAND SEIN, ODER?
ES MUSS JEMANDEN MIT STICHWAFFEN GEBEN.
NEIN, AUSSER UNS IST NIEMAND ...
HEHE...
DU HAST ALSO DIE LEICHEN UNTERSUCHT...
GAR NICHT ÜBEL!
SCHWUPP

DU...
ES IST OFFEN-SICHTLICH, ODER?
KEIN GRUND, ES LÄNGER ZU VERHEIMLI-CHEN.
DARF ICH NACH DEINEM NAMEN FRAGEN?
MEINER LAUTET CLEMEN-TINE.
FREUT MICH!
DANN VERRATE ICH IHN DIR.
ICH BIN MOMON.
SIE VERWENDEN NFIREA NICHT ALS SCHILD...
IST ER ETWA SCHON TOT ODER SOGAR...?
NOCH NIE VON IHM GE-HÖRT... DU?
NEIN.
ABER WIE HAT ER UNS HIER GEFUN-DEN?

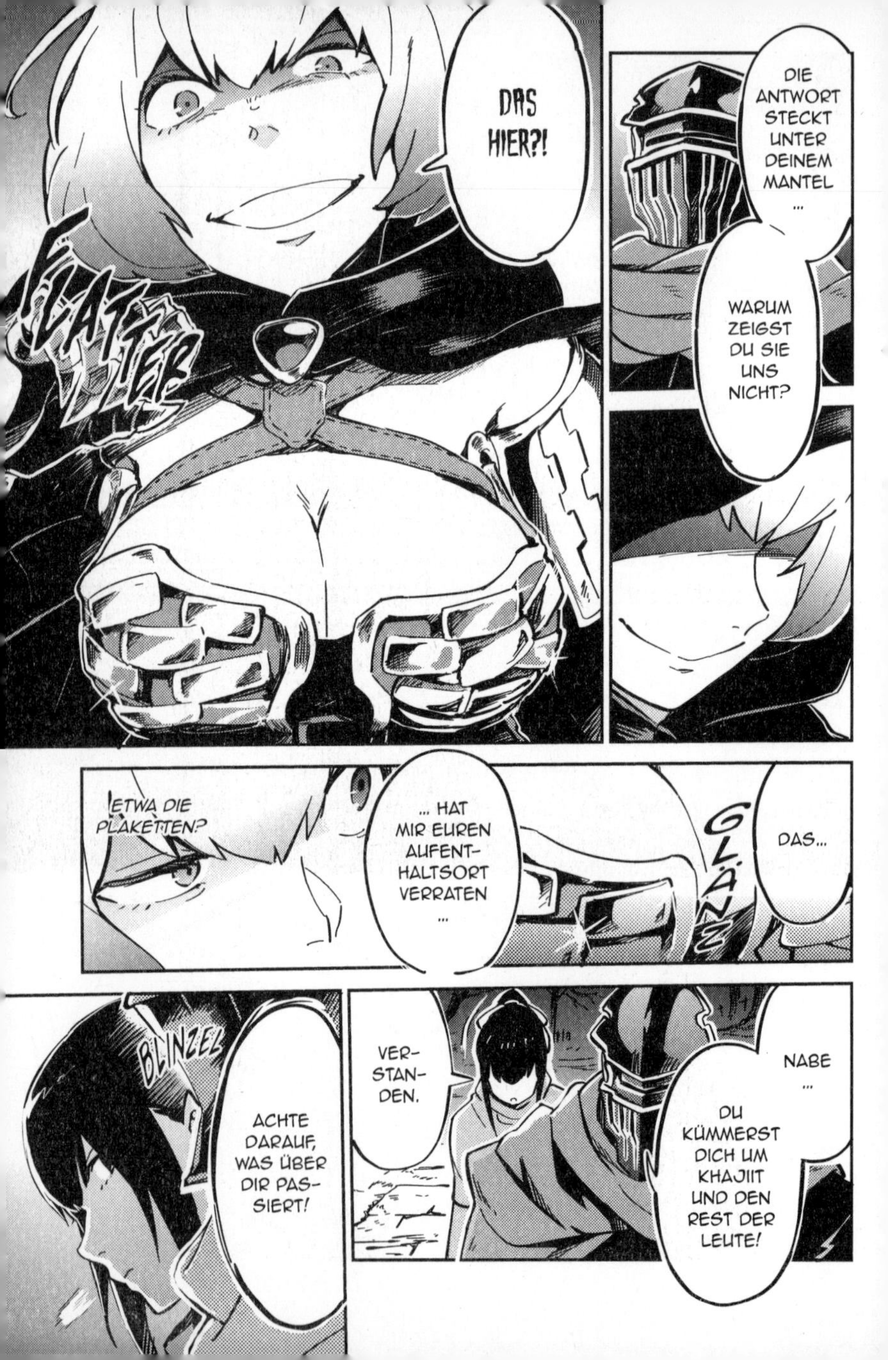
DIE ANTWORT STECKT UNTER DEINEM MANTEL ...
WARUM ZEIGST DU SIE UNS NICHT?
DAS HIER?!
DAS...
GLÄNZ
... HAT MIR EUREN AUFENT-HALTSORT VERRATEN ...
ETWA DIE PLAKETTEN?
NABE ...
DU KÜMMERST DICH UM KHAJIIT UND DEN REST DER LEUTE!
VER-STAN-DEN.
ACHTE DARAUF, WAS ÜBER DIR PAS-SIERT!
BLINZEL

CLEMENTINE...
WIR WERDEN UNS DAHINTEN BIS AUF DEN TOD BEKÄMPFEN!
WAREN DIE TYPEN, DIE ICH IM LADEN GEKILLT HAB, ETWA DEINE KUMPELS?
BIST DU BÖSE, DASS ICH DEINE FREUNDE KALTGEMACHT HAB?
DIE ZAUBERWIRKERIN HAT BIS ZUM ENDE GEGLAUBT, DASS JEMAND SIE RETTEN KOMMEN WÜRDE...
SORRY, ABER ICH HAB SIE UMGEBRACHT!
ACH, KEINE URSACHE...

HÄ?! BIST DU NICHT SAUER? IST JA TOTAL LANGWEILIG!
WAREN SIE ETWA GAR NICHT DEINE KAMERADEN?
KLIRR
SIE WAREN NUR EIN MITTEL, UM MEINEN RUHM ZU VERMEHREN...
SIE SOLLTEN NACH DER HEIMKEHR UNZÄHLIGEN ABENTEURERN VON MEINEN TATEN BERICHTEN.
ABER DASS DU MEINEN PLAN DURCHKREUZT HAST...
... IST HÖCHST UNANGENEHM!
ACH SO. ICH ARME. NIEMAND MAG MICH.
ÜBRIGENS...

ES WAR EIN FEHLER, DEM GÖR KHAJIIT ZU ÜBERLASSEN!
DIE HÜBSCHE IST DOCH EINE ZAUBERWIRKERIN, ODER?
DANN HAT SIE GEGEN KHAJIILEIN KEINE CHANCE...
NA JA, GEGEN MICH WIRST DU AUCH NICHT GEWINNEN!
NABE WÜRDE DICH AUCH SPIELEND BESIEGEN.
ZUCK
IN DIESEM LAND KANN ES KAUM JEMAND MIT MIR AUFNEHMEN...
ES GIBT GERADE MAL FÜNF KRIEGER, DIE MIR AUF AUGENHÖHE BEGEGNEN.
GAZEF STRONOFF, GAGARAN VON DER BLAUEN ROSE...
... LUISENBERG ALBERION VOM ROTEN TROPFEN...
... BRAIN UNGLAUS UND...
... SCHLIESSLICH VESTURE CROFT DI LOFAN, DER IM RUHESTAND IST...
ICH WEISS ZWAR NICHT, WER DU BIST, ABER...

... ES TUT MIR LEID... ICH BESITZE DIE STÄRKE EINER HELDIN!
DU WIRST MICH, CLEMENTINE, AUF KEINEN FALL BESIEGEN KÖNNEN!
OKAY, DANN GEBE ICH DIR EINEN VORTEIL...

ICH WERDE AUF KEINEN FALL ERNST MACHEN!
»Doppelte Maximalmagie – Elektrosphäre«!!
BRZZZL

KNACK
WAMM
ARGH...
KNACK
PLUMPS
PLUMPS
VERENDE WIE ELENDIGES GEWÜRM!
DU BIST KEINE EINFACHE IDIOTIN ...
... SONDERN BEHERRSCHST MAGIE DER DRITTEN KLASSE...
ZUCK

DU NICHTIGER MENSCH WAGST ES...
... MICH EINE IDIOTIN ZU NENNEN?!
DU HAST ES GEWAGT ...
... DICH GEGEN DIE GEMEINSCHAFT ZURRENORN ZU STELLEN! WIR BRINGEN DEN TOD!!
SCHWUPP
ICH HABE AUSREICHEND NEGATIVE ENERGIE GESAMMELT...
OOOOOH
JETZT SCHAU, WELCHE KRAFT IN DIESEM EDLEN KRISTALL SCHLUMMERT!
DONNER
SCHWANK

MIT »UNTOTEN-ERZEUGUNG« KANN MAN NICHT MEHRERE LEICHEN GLEICHZEITIG ZU UNTOTEN MACHEN...
WAHRSCHEIN-LICH IST DAS DIE KRAFT DIESES GEGEN-STANDS...
OOOOOOOH
ES REICHT!
ER HAT GENUG NEGA-TIVE ENERGIE AUFGESAUGT!
WAS ZUM...?! ER HAT DOCH GERADE SEINE SCHERGEN VERLOREN...
WUMM
ACHTE DARAUF, WAS ÜBER DIR PAS-SIERT!
ZUCK

WUMMMM
KNIRSCH
FLATTER

BWUMMM
EIN SKELETT-DRACHE!!

MU-HA-HA-HA-HA-HA-HA-HA!
SKELETTDRA-CHEN BESITZEN EINE ABSOLUTE VERTEIDIGUNG GEGEN MAGIE-ANGRIFFE!
ALS ZAUBERWIRKERIN HAST DU NICHT DEN HAUCH EINER CHANCE GEGEN IHN!
OOH
NA DANN...

... PRÜGLE ICH IHN EBEN TOT!!

WUWUMM
KARUMMS
EIN... SKELETT-DRACHE?
DU KENNST DICH GUT AUS...
DER SCHLIMMS-TE FEIND FÜR EINE ZAUBER-WIRKERIN!
PLING
NA GUT...
DANN WOLLEN WIR MAL!

BAMM
WUSCH
WA...?!

CHING
»Unein-
nehmbare
Festung«!!!
GRIN

!
WAMM
URGH!
TAPP
EINE NEUE KAMPF-TECHNIK?
DIE KENNE ICH NICHT AUS DEM SPIEL...
DER PANZER IST ECHT HART!
WORAUS IST DEINE RÜSTUNG GEMACHT?
ICH MUSS VORSICH-TIG SEIN...
SIE WOLLTE MEINEN WAFFENARM TREFFEN, DAMIT ICH MEINE WAFFE NICHT SCHWINGEN KANN...

DIESE TECHNIK...
GAZE...
»Sturzbachbeschleunigung«!!
WUUUUSCH

KNACK
GROLL
D...DU...
MEIN LANG-JÄHRIGER PLAN IST...
NEIN! DAS LASSE ICH NICHT ZU!
»Strahl aus Negativ-energie«!
VRRR
WUSCH

OBWOHL ER ABSOLUTE VERTEIDIGUNG GEGEN MAGIE BESITZT...
... LÄSST DER DRACHE SICH DURCH MAGIE GUT HEILEN...
URGH...
WUPP
TATSÄCHLICH SIND SCHNITT-WAFFEN SCHLECHT GEGEN UNTOTE...
WAPP
WUPP
UND DAS GEWÜRM HEILT DEN DRACHEN STÄNDIG...

WOLLEN WIR ES ZU ENDE BRIN-GEN?
SCHAU HER...
DAS IST DIE MACHT DES STEINS DES TODES!
DOCH NICHT ETWA...?
GLEICH ZWEI... SKELETT-DRACHEN?!

DIE NEGATIVE ENERGIE IST FAST AUFGEBRAUCHT ...
DENNOCH WERDE ICH DICH UND DEINEN KAMERADEN DAMIT TÖTEN!
SOBALD ICH DEN TOD IN DIE HAUPTSTADT TRAGE, WIRD NICHTS WIE VORHER SEIN!

WENN DU DICH ERGIBST, VERSCHONE ICH DICH.
DUMMER MENSCH ...
HÖR AUF MIT DEM GESCHWÄTZ... DU WURM!
MACHT SIE FERTIG!

URGH!
SCHWANK
DU WOLLTEST MIR EINEN VORTEIL GEBEN...
KECKER
KECKER
ABER WENN DU NICHT ERNST MACHST, STIRBST DU!
ALSO ...
DIESER KAMPF... IST EINE GUTE LEKTION FÜR MICH.
DIE EFFEKTIVITÄT DER WAFFEN IST AM WICH-TIGSTEN, UND MAN MUSS AUSBALANCIERT MIT DEM GAN-ZEN KÖRPER ANGREIFEN...
ICH WAR ZU BLAUÄU-GIG...
ICH DANKE DIR!
ABER...

... ICH HABE KEINE ZEIT MEHR!
STOSS
WIR HABEN JETZT GENUG GE-SPIELT...
?
NAR-BERAL GAMMA ...
ZEIG IHM DIE ERHA-BENHEIT VON NA-ZARICK!

Interpretative Notizen des Overlords

Erklärungen Kapitel 9

Zurrernorn

ズーラーノーン

Diese Geheimorganisation wird von einem Führer geleitet, dem zwölf große Jünger unterstehen, denen wiederum zahlreiche Anhänger ihre Treue geschworen haben. Khajiit Dale Badanteru und Clementine gehören ebenfalls zu dieser Gruppe. Da diese Kultgemeinde drastische Mittel ergreift, wird sie von den umliegenden Nationen als feindlich eingestuft.

Dennoch besitzen die Mitglieder von Zurrernorn weiterhin große Macht. Das liegt vor allem an der Furcht einflößenden Stärke der einzelnen Mitglieder. Normale Abenteurer könnten es nie mit dem Führer oder einem der zwölf großen Jünger aufnehmen.

Khajiit und Clemtine gehören zu den zwölf Jüngern. Gemeinsam haben sie die Slane-Theokratie verlassen. Clementine hatte zuvor in der Geheimeinheit namens »Dunkelheit-Schrift« den Rang des neunten Sitzes erreicht. Ihre Stärke als Kriegerin soll der des Helden Gazef gleichen. Doch seit sie die »Krone der Weisheit« entwendete und geflohen ist, wird sie von der Slane-Theokratie gejagt. Deswegen hat sie sich an Zurrernorn gewandt.

»Spirale des Todes«
Der Führer hat dieses ketzerische Ritual erfunden.

Eine Fähigkeit der Untoten besteht darin, dass an einem Ort, an dem sich viele Untote versammeln, stärkere Untote erzeugt werden können. Je stärkere Untote man versammelt, desto stärkere Untote kann man wiederum erzeugen. Wenn man dies wiederholt ausnutzt, kann man grenzenlos stärkere Untote erschaffen. Dieses Prinzip nennt sich »Spirale des Todes«. Einst hat Zurrernorn sie genutzt, um eine ganze Stadt von Untoten überschwemmen zu lassen und sie in eine Stadt des Todes zu verwandeln. Das scheint das Geheimnis hinter dem Ritual zu sein… Doch es steckt noch viel mehr dahinter.

Durch Einsatz der »Spirale des Todes« kann man die dabei entstehende negative Energie in einem Ritual in sich aufnehmen und sich selbst in einen mächtigen Untoten verwandeln. Das ist die wahre Motivation, die sich hinter diesem Ritual verbirgt. Eigentlich will Khajiit ein unendlich langes Leben haben, weswegen er sich in einen untoten Lich verwandeln möchte. Fünf Jahre hat er Tag und Nacht daran gearbeitet, die »Spirale des Todes« einsetzen zu können.

Und das Ritual hat ein weiteres Geheimnis.

Vor 200 Jahren hat jemand bei seiner Beschreibung einen Fehler gemacht. Es handelt sich also im Grunde genommen um ein missglücktes magisches Ritual. Wenn man dem wahren Ritual einen Namen geben würde, dann…

OVERLORD
Episode:09
NARBERAL GAMMA!
ZEIG IHM DIE ERHABENHEIT VON NAZARICK!
OHNE MEINE ERLAUBNIS DARFST DU NIEMALS DEINE WAHRE MACHT ENTFESSELN! HALTE AUCH DEINE MORDLUST IM ZAUN... OKAY?
DARF ICH JETZT ALSO ERNST MACHEN?
DANN WERDE ICH NACH HERZENSLUST...

... NICHT ALS NABE ...
... SON- DERN DARF ALS NARBERAL GAMMA MIT DEM BESEITI- GEN BE- GINNEN!!!

...
WUSCH
DU BEHERRSCHST SELBST »FLIEGEN«...
ABER WIE WILLST DU DIESEM ANGRIFF AUSWEICHEN?
ODER WAR DAS ETWA TELEPORTATION?
ABER ICH VERSTEHE ES NICHT...
WARUM FLIEHT SIE NICHT, WENN SIE DOCH DAZU IN DER LAGE IST?!
GEGEN SKELETTDRACHEN IST MAGIE DOCH NUTZLOS...
FREU DICH...

DU ELENDIGER MENSCH! ICH HABE FÜRST AINZ OOAL GOWN MEINE EWIGE TREUE GESCHWOREN...
ICH BIN EINE DER PLEIADEN!
WAMM

DIR GEBÜHRT DIE EHRE, GEGEN NARBERAL GAMMA KÄMPFEN ZU DÜR-FEN!!
WAS?!
DIE RÜSTUNG... DAS IST DOCH KEINE AUSRÜS-TUNG FÜR EINE ZAUBERWIRKERIN!
LOS!
OOH
Episode:09
OVERLORD

WIEDER VERSCHWUN-DEN...
»Dimen-sionale Bewe-gung«!!
FZZZ

AAAARRGH!
STECH
OCH, TUT'S SO WEH?!
WUSCH
AH... DU HAST TELEPOR-TATIONS-MAGIE GEWIRKT, ODER?
NORMA-LERWEISE BENUTZT MAN DIE, UM ZU FLIEHEN ...
SCHWANK
AH, JETZT HAB ICH'S KAPIERT!
DEINE TRUMPF-KARTE IST, DICH ZU TELEPOR-TIEREN, UM MICH ZU TÖTEN!
DEM ANGRIFF EBEN BIST DU EBEN-FALLS DURCH TELEPORTATI-ON AUSGE-WICHEN!
ACH, UNSINN!

ICH WOLLTE DAMIT NUR ZEI-GEN...
... DASS ICH DICH JEDER-ZEIT TÖTEN KANN!

WUSCH
WAS IST LOS?
GIBST DU ETWA AUF?
NEIN...
DA ICH NARBERAL EINEN BEFEHL ERTEILT HABE...
... WILL ICH HIER AUCH SCHNELL FERTIG WERDEN!
HÄ?! MEINST DU DAS ERNST?
OHNE ANSTÄNDIGE WAFFE WILLST DU GEGEN MICH, CLEMENTINE, GEWINNEN?
WEISST DU, WIE SEHR DU MICH DAMIT BELEIDIGST?
KRASS, DASS EIN SCHWÄCHLING SOLCHE REDEN SCHWINGT ...
NERV
DAS MUSST DU GERADE SAGEN!
NA JA ...

ICH BIN GANZ DEINER MEINUNG, DASS WIR...
... FERTIG WERDEN SOLLTEN!
WAS DENKT DER SICH?!
ER BLEIBT STEHEN?! SO EIN IDIOT...
»Orkandurchbruch«
»Fähigkeitssteigerung«
»Extremausweichen«
»Extreme Fähigkeitssteigerung«

ER UNTER-SCHÄTZT MICH!
»Blitz«!!
BRZZL
BRZZL
STIRB!
WUSCH
UND NOCH EINER!!

»Feuer-ball«!!

OOOOOH
DANN BRINGEN WIR ES MAL ZU ENDE...
ALS BEDIENSTETE DARF ICH FÜRST AINZ NICHT SO LANGE WARTEN LASSEN.
DU DENKST WOHL, DASS MAGIE SKELETTDRACHEN NICHTS ANHABEN KANN, DESHALB...
... MÖCHTE ICH DICH UNWISSENDEN WURM EINES BESSEREN BELEHREN.
ZACK

KNACK
BEZAHLEN WIRST DU...
... FÜR DIESE LEKTION MIT DEINEM LEBEN!
WA ...?!
WAS IST DAS FÜR EINE MAGIE?!
SO WAS HAB ICH NOCH NIE GESEHEN!

KNACK
KNACK
S...SELBST DAMIT WIRST DU MEINE SKELETTDRACHEN NICHT BESIEGEN! SIE BESITZEN EINE 1-A-ABSOLUTE-VERTEIDIGUNG GEGEN MAGIE!
TÖTET SIE!
EINE ABSOLUTE VERTEIDIGUNG GEGEN MAGIE?

ZWEIFELSOHNE BESITZEN ...
... SKELETTDRACHEN EINE HOHE MAGIERESISTENZ...
ABER...
... DADURCH WIRD NUR MAGIE UNTERHALB DER SECHSTEN KLASSE UNSCHÄDLICH GEMACHT!
WIE?!!

ICH HABE FÜNF JAHRE GEBRAUCHT, UM DIESEN STEIN ZU ERZEUGEN, ABER...
... ALLES WURDE IN EINER STUNDE ZUNICHTEGEMACHT...
MAMA...
MAMA!
DIE ARME ...
MAN KONNTE IHR NICHT HELFEN.
DAS FLEISCH NORMALER MENSCHEN HÄLT DEN WIEDERBELEBUNGEN NICHT STAND...
DANN...
... MUSS ICH EBEN EINE NEUE WIEDERBELEBUNGSART ERFINDEN...
DAS KÖNNTE HUNDERT...
... ODER GAR ZWEIHUNDERT JAHRE DAUERN...
DANN SAMMLE ICH EBEN NEGATIVE ENERGIE...

NUR WEGEN EUCH...
... WAREN FÜNF JAHRE VORBEREITUNG UMSONST!
UND DIESE UNVERGESSLICHE ERINNERUNG, DIE MICH SEIT ÜBER 30 JAHREN ANTREIBT...
... UM ALS UNTOTER ...
... EWIG ZU LEBEN!
WER GIBT EUCH DAS RECHT, ALL DAS EINFACH ZUNICHTEZUMACHEN?!

ICH HABE KEIN INTE-RESSE AN DEN ERIN-NERUNGEN VON UNGE-ZIEFER...
ABER VIELEN DANK, DASS DU FÜR FÜRST AINZ FUSSAB-TRETER GESPIELT HAST!!

WAMM
»Doppelte Maximal-magie«…
»Drachen-kettenblitz«!!!

MAMA ...
FFFFFFT
TAPP

FÜR UNGEZIEFER RIECHT ER GEBRATEN GAR NICHT ÜBEL...
ICH NEHME IHN FÜR ENTOMA ALS GESCHENK MIT.
DAMPF

INTE-
RESSANT
...
SOLCHE MAGISCHEN WAFFEN GAB ES IN YGGDRASIL AUCH NICHT.
DAS WAR MIR EINE LEHRE.
?!
UNMÖGLICH!
WIESO STIRBST DU NICHT?!
WUSCH

WUSCH
SOLL ICH ES DIR ZEIGEN?

* Der Begriff Lich ist ein aus dem Altenglischen bzw. Germanischen stammendes Wort (líc) für eine Leiche.

NA, WIE HAT ES SICH ANGEFÜHLT?
WIE WAR DER SCHWERTKAMPF GEGEN EINEN MAGIEWIRKER?

W... WARUM?!
KNIRSCH
ICH KOMME NICHT LOS...
DEN VORTEIL HATTE ICH DIR GEGEBEN.
GEGEN DICH MUSS ICH MICH NICHT ANSTRENGEN.
DU BIST KEINE GEGNERIN, GEGEN DIE ICH MAGIE ANWENDEN MÜSSTE.
GUT... GENUG GEQUATSCHT!
ABER VORHER... WERDE ICH DAS HIER BESEITIGEN!
DU DRECKSKERL!
KLIMPER
WOLLEN WIR LOSLEGEN?
KNIRSCH
DU KANNST NI...

DUSCHWEIIIIIIIN!!
PLING
PLING
PLING
PLING
PLING
VERFLUCHT! JETZT RÄCHT SICH MEINE DÜNNE RÜS-TUNG!
KLIRR
KLIRR

KNIRSCH
KNIRSCH
KNACK
ZAPPEL DOCH NICHT SO!
WENN DU ABRUTSCHST, IST ES AUS!
...
PLING
...
DU HAST DIR DOCH AUCH ZEIT GELASSEN, DIESE GRUPPE ZU ERMORDEN...
PLING
KNARKS
ALSO WERDE ICH DICH GANZ LANGSAM TÖTEN!
PLING
HUST

SCHON TOTEN-ZUCKUN-GEN?
BLAMM
EINES HATTE ICH VERGES-SEN…
ICH BIN …
… SCHRECK-LICH EGO-ISTISCH!

MEISTER!
FLITZ
ARGHS!
HIER IST PLÖTZLICH EIN MONSTER AUS KNOCHEN!
PLUMPS
MEISTER! MEISTER!
DAS HÄTTE ICH VON EINEM MÄCHTIGEN HAMSTER NICHT ERWARTET ...
DIESE EINDRUCKSVOLLE STIMME... M... MEISTER?!
JA, ICH! ALSO NICHT SO LAUT...
EURE GESTALT IST... UNERWARTET...
ICH DACHTE, DA WÄREN MEHR MUSKELN ...
STILL, HAB ICH GESAGT!

HÖRST DU NICHT, WAS FÜRST AINZ SAGT, DU TROTTEL?!
KLATSCH
HURGH
DEN WORTEN DEINES MEISTERS ZU LAUSCHEN...
DAS IST DEINE AUFGABE ALS DIENER!
OBWOHL SO EIN NIEDERES WESEN ES KAUM WERT IST, SEIN DIENER ZU SEIN...
ALSO MERKE DIR MEINE WORTE!
SONST BRING ICH DICH AUF DER STELLE UM!
DAS WIRD KEINE PHYSISCHE STRAFE, VIELMEHR SETZE ICH MAGIE EIN...
DU WIRST TODESQUALEN LEIDEN, GERADE SO VIEL, DASS DU AM LEBEN BLEIBST!
DONNER
DONNER
I...ICH HAB'S BEGRIFFEN...
SCHAU MICH BITTE NICHT SO BÖSE AN!
NARBERAL! FANG AN, DEN BESITZ DER GEGNER EINZUSAMMELN!
JAWOHL!

DOCH ICH WAR ÜBERRASCHT ...
BESITZT LADY NARBERAL ETWA AUCH EINE WEITERE GESTALT?
ICH BIN EINE DOPPELGÄNGERIN.
KLACK
ICH KANN MEIN AUSSEHEN NACH BELIEBEN ÄNDERN.
SCHAU...
WABEL
S...SO WAR DAS ALSO...

NA JA ...
DIE ERBLIN-DUNG KANN MAN NOCH HEILEN ...
WAS IST DAS?
»Voll-ständige Gegen-stands-analyse«!
DIE KRONE DER WEIS-HEIT?
INTE-RESSANT ...
IN YGGDRASIL WÜRDEN SPIELER EINEN SOLCHEN GEGENSTAND NICHT IN DIE HÄNDE BEKOM-MEN.
VIELLEICHT SOLLTE ICH DEN JUNGEN MIT NACH NAZARICK NEHMEN.
DURCH IHN KÖNNTE ICH NÜTZLI-CHE DINGE ERFAHREN ...

NEIN... SEINE RETTUNG IST MEIN AUFTRAG ...
EIN MISS-ERFOLG WÜRDE DEN NAMEN VON AINZ OOAL GOWN BE-SUDELN.
»Größere Gegen-standsver-nichtung«!
ZACK
FÜRST AINZ!
WAS IST?
KLIRR

SCHAUEN SIE...
DAS GEWÜRM, GEGEN DAS ICH GEKÄMPFT HABE...
... SCHEINT DIESES DING FÜR WERTVOLL GEHALTEN ZU HABEN ...
»Vollständige Gegenstandsanalyse«!
STEIN DES TODES...?
EIN INTELLIGENZGEGENSTAND?
ICH SEHE EUCH ZUM ERSTEN MAL, GROSSER »KÖNIG DER TOTEN«.
BRRRM
EURE MÄCHTIGE AURA DES TODES IST BEEINDRUCKEND UND VEREHRENSWERT.
WERTER »KÖNIG DER TOTEN«, EMPFANGT MEINE EWIGE TREUE!
DAMIT ICH EUER TREUER VASALL WERDE, HABE ICH AN EUCH NUR EINE WINZIGE BITTE...

ES WÄRE WOHL DAS BESTE, ES SOFORT ZU ZERSTÖREN, ABER...
... EINEN GEGENSTAND, DEN ES IN YGGDRASIL NICHT GAB, EINFACH ZU VERNICHTEN...
HAM-SUKE!
HIER, NIMM!
HEPP
KRALL
?!
!

GIB MICH DEM MEISTER ZURÜCK!! ICH MUSS IHM DIENEN...
DAS DING IST ABER NERVIG...
ÄHEM
WOLLEN SIE ES WIRKLICH DIESEM NEULING ÜBERLASSEN?
ZURÜCK!
ICH HABE ES ANALYSIERT, UND ES KÖNNTE GEFÄHRLICH SEIN...
ALSO LASSE ICH ES LIEBER HAMSUKE TRAGEN.
NUN GUT...
TYPISCH FÜRST AINZ!
MEISTER...
HAPP
WENN WIR MIT DEM EINSAMMELN FERTIG SIND...
... NEHMEN WIR NFIREA MIT...
FLATTER

... UND FEIERN UNSERE HEIM-KEHR!

Interpretative Notizen des Overlords

Erklärungen Kapitel 10

Gedankenkontrolle

精神操作

In der Welt, in die Ainz geschleudert wurde, ist es möglich, mit Fähigkeiten die Gedanken anderer zu lenken. Ein Beispiel dafür ist »Person verzaubern«. Diese Magie kann nicht nur von Ainz und Narberal angewandt werden, viel mehr sind zahlreiche Magiewirker dieses Zaubers mächtig. So gab es auch unter den Zauberern der Sonnenschrift, die Nigun begleitet haben, einige, die diese Magie beherrschten. Clementine ist zwar keine Magiewirkerin, doch da die Magie »Person verzaubern« in ihren speziellen Stiletten gespeichert ist, kann sie damit Gegner stechen und so ihre Gedanken kontrollieren.

Eine Person, auf die »Person verzaubern« gewirkt wurde, hat das Gefühl, dass der Wirker ein vertrauter Freund ist, und ist ihm zugleich bedingungslos ergeben. Das ist nicht nur während eines Kampfes nützlich, sondern auch eine sehr wirksame Strategie, um jemanden während eines Verhörs zum Sprechen zu bringen.

»Person verzaubern« richtet sich gegen humanoide Charaktere, weswegen es natürlich auch weitere Magien gibt, die andere Kreaturen verzaubern können. Beispielsweise ist es sehr praktisch, Pferde zu verzaubern, damit die Reiter abgeworfen werden. Hamsuke, der weise König des Waldes, besitzt außerdem die Magie »Alles verzaubern«, die auf alle möglichen Charaktere und Kreaturen wirkt.

* Nebenbei bemerkt: Hamsukes »Alles verzaubern« ist zwar eine Magie der vierten Klasse, aber seine magische Kraft ist eher gering, weswegen man der Magie leicht widerstehen kann. Hamsuke setzt sie im Grunde nur dazu ein, um bei der Jagd seine Opfer zu lähmen. Einfache Tiere besitzen nur eine sehr geringe Resistenz gegen solche Angriffe.

Gegenmaßnahmen:
»Person verzaubern« ist eine vergleichsweise häufig angewandte Magie, doch sobald man einmal von ihr kontrolliert wird, hat man verloren. Gerade weil es viele Personen gibt, die sie beherrschen, ist sie extrem gefährlich. Deswegen gehört es zur normalen Kampfvorbereitung, geistige Gegenmaßnahmen zu ergreifen. Untote wie Ainz oder Shalltear besitzen von Natur aus eine komplette Resistenz gegen Gedankenkontrollmagie. Aus diesem Grund ist es vollkommen unmöglich, Untote durch Magie zu kontrollieren.
Humanoide Charaktere besitzen diese Besonderheit nicht und müssen daher besondere Gegenmaßnahmen ergreifen. Sie können beispielsweise die Magie »Geist eines Untoten« auf sich wirken lassen, um die gleiche Resistenz wie ein Untoter zu erhalten. Erfahrene Krieger können sich auch einfach konzentrieren, um Gedankenkontrollen zu entkommen.

Besondere Fähigkeiten:
Es gibt neben Magien wie »Person verzaubern« noch weitere Fähigkeiten, um Gegner zu kontrollieren. So besitzt Demiurg beispielsweise die passive Fähigkeit »Fluch der Unterwerfung«, durch die er jeder Kreatur unter Stufe 40 ausnahmslos Befehle erteilen kann. Gegen schwächere Gegner ist dies eine äußerst mächtige Fähigkeit.
Aura besitzt eine weitere Fähigkeit, mit der sie die Gedanken anderer kontrollieren kann. Diese Fähigkeit wirkt sogar auf Untote.

Einige Tage zuvor…
Speisesaal der Unterkunft »Goldglanz-Pavillon« in E-Rantel
BRABBEL
WAS IST DAS FÜR EIN FRASS?!
IST DAS ETWA DAS BESTE ESSEN, DAS E-RANTEL ZU BIETEN HAT?!
OVERLORD
Episode:10
HIER BLEIBE ICH NICHT!
BEREITE ALLES FÜR MEINE ABREISE VOR!
HMPF! NUN, DANN BEEIL DICH GEFÄLLIGST…
… SEBAS!
VERSTANDEN, JUNGE DAME…

Episode: 10
OVERLORD

WIR MÖCHTEN UNS BEI ALLEN ANWESENDEN...
... FÜR DIESE STÖRUNG ENTSCHULDIGEN...
BRABBEL
BRABBEL
DESHALB LADEN WIR ALLE ZUM ESSEN EIN!
BRABBEL
STRATZ
STRATZ
HERR SEBAS ...
KRATZ
KRATZ
WAS GIBT ES, ZACH?
E...ES TUT MIR LEID...
ABER DAS SCHEINT MIR EIN SEHR UNGÜNSTIGER ZEITPUNKT ZUM AUFBRUCH ZU SEIN.

SCHWITZ
ES IST SCHWIERIG, NACHTS DEN WAGEN ZU LENKEN.
ABER NICHT NUR DAS. ICH... MUSS MICH AUCH...
... NOCH VORBEREITEN...
ANGESICHTS DES AUFBRAUSENDEN CHARAKTERS VON MADAME ...
... HABEN WIR WOHL KEINE WAHL.
JAWOHL... ICH VERSTEHE...
TAPS
TSS
IHR WOLLT SCHON AUFBRECHEN?
WUSCH
DÜRFTE ICH EUCH VERTRAUENSWÜRDIGE WACHEN VORSTELLEN?
DIE GESELLSCHAFT DIESES ZWIELICHTIGEN GESELLEN KÖNNTE NACHTS GEFÄHRLICH WERDEN.
Großhändler Bard Louvre
DIE JUNGE DAME MAG ES NICHT, VON ZU VIELEN PERSONEN UMGEBEN ZU SEIN...
ES TUT MIR LEID, DASS ICH IHR ANGEBOT DAHER AUSSCHLAGEN MUSS.
N...NICHT DOCH! KEINE URSACHE ...

EHRLICH GESAGT, WOLLTE ICH NUR, DASS SIE MIR ETWAS SCHULDIG IST.
SIE IST DOCH EINE ÄUSSERST WICHTIGE HÄNDLERIN ...
ICH WÜRDE SIE GERN BEIM NÄCHSTEN BESUCH...
... PERSÖNLICH KENNENLERNEN.
DANKE FÜR DIE FREUNDLICHEN WORTE.
HERR BARD, ICH BIN IHNEN DAFÜR ZUTIEFST DANKBAR.
ÄHEM...
KLACK
WUSCH
ENTSCHULDIGEN SIE MEIN VERHALTEN...
... MEISTER SEBAS!

KEIN GRUND, DICH ZU VERBEUGEN...
... SOLUTION.
DU HAST DEINE AUFGABE ERFÜLLT, MEHR NICHT.
SCHWUPP
SHALLTEAR WARTET IM WAGEN. ICH SAGE IHR...
... WANN WIR AUFBRECHEN.
WAS DIESEN MANN ANGEHT ...
BEHÄLTST DU IHN GUT IM AUGE?
JA...

LÄUFT JA WIRKLICH ALLES WIE GESCHMIERT!
TAPPS
DIESES LEBEN IST VOLLKOMMEN WERTLOS...
ICH WURDE MEIN GANZES LEBEN...
HAUT AB, IHR STÖRT!
... NUR AUSGE-NUTZT...
JETZT NEHME ICH MIR AUCH MAL WAS...
KLOPF KLOPF
ZACK
DU? KOMM REIN!

HE, ZACH!
WAS IST LOS?
BEISS
ETWA SOFORT?
T'SS
DIE LAGE HAT SICH GE-ÄNDERT...
DIE ZIELPER-SON WILL SCHON LOS.
NA, DANN MÜSSEN WIR WOHL... ICH SAGE DEM GRUP-PENFÜHRER BESCHEID.

DARF ICH MICH MIT DER FRAU VERGNÜGEN?
JA, ABER NACH MIR.
UND SEI NICHT ZU GROB ZU DER KOSTBAREN GEISEL!
GRIIINS
ÜBRIGENS, MEISTER SEBAS...
WENN WIR MIT DIESEM KERL FERTIG SIND, DARF ICH IHN DANN ERLEDIGEN?
WENN SHALLTEAR ES ERLAUBT ...

VER-
STAN-
DEN.
BESTEL-
LEN SIE
MEISTERIN
SHALL-
TEAR
MEINE
GRÜSSE.
LÄCHEL
TOCK
TOCK
TOCK
TOCK
MADAM
SHALLTEAR
...
REIB

EINES WOLLTE ICH SCHON LÄNGER FRAGEN...
MICH? WAS DENN?
SIE SCHEINEN SICH NICHT SEHR GUT MIT MADAM AURA ZU VERTRAGEN, ABER...
... GIBT ES DAFÜR ÜBERHAUPT EINEN TRIFTIGEN GRUND?
EIGENTLICH MÜSSTET IHR DOCH GUT MITEINANDER AUSKOM-MEN.

MEIN SCHÖPFER, FÜRST PERORONCINO, HAT NUN MAL ...
... ENTSCHIEDEN, DASS WIR UNS NICHT VERTRAGEN. ALSO HALTEN WIR UNS DARAN.
AUSSERDEM ...
... WAR FÜRST PERORONCINO DER BRUDER VON AURAS SCHÖPFERIN, FÜRSTIN BUKUBUKUCHAGAMA.
AUS DIESEM GRUND SIND WIR GEWISSERMASSEN AUCH GESCHWISTER.
GESCHWISTER ... SO WAR DAS ALSO!
FÜRSTIN BUKUBUKUCHAGAMA WAR VON BERUF SYNCHRONSPRECHERIN ...
... ALSO HAT SIE ANSAGEN GESPROCHEN UND SELBST EROTISCHEN INHALTEN IHRE STIMME GELIEHEN ...
EINE SYNCHRONSPRECHERIN ...
... LEIHT ALSO DINGEN IHRE STIMME ...
NEIN, NEIN ...
VON FÜRSTIN BUKUBUKUCHAGAMA PERSÖNLICH WEISS ICH ...
... DASS MAN ALS SYNCHRONSPRECHER DEN FIGUREN LEBEN EINHAUCHT.
MIT ANDEREN WORTEN ...
... ES IST EIN GÖTTLICHER BERUF, BEI DEM MAN LEBEN ERSCHAFFT!

OHO! WAHRLICH INTERESSANT...
WUSCH
DA HABE ICH MICH WOHL GEIRRT.
MACH DIR DARÜBER KEINE SORGEN.
ÜBRIGENS, SEBAS...
SOLANGE WIR AUF REISEN SIND...
... MUSST DU NICHT SO FÖRMLICH REDEN.
DA WIR VON DEN ERHABENEN UNSERE ROLLEN ERHALTEN HABEN, GIBT ES KEINE ECHTE RANGORDNUNG...
EIGENTLICH GIBT ES KEINEN UNTERSCHIED ZWISCHEN UNS.
ICH VERSTEHE, SHALLTEAR.
DANN SPRECHE ICH DICH DIREKT MIT NAMEN AN.
ÜBRIGENS ...
WER BEFINDET SICH JETZT AUF DER ACHTEN EBENE VON NAZARICK?
ICH WEISS, DASS VICTIM DORT IST, ABER IST SONST NOCH JEMAND DA?
VOR EINIGER ZEIT SIND TROTTEL EINGEDRUNGEN, DIE SICH GEGEN DIE ERHABENEN STELLEN WOLLTEN...
SIE WURDEN AUF DER ACHTEN EBENE ABGEFANGEN, ODER?
IST DORT JEMAND, DER VON FÜRST AINZ ERSCHAFFEN WURDE?
NEIN, ICH DENKE NICHT.

ICH HABE NUR ZUFÄLLIG DAVON GEHÖRT, ABER...
... DIE VON FÜRST AINZ ERSCHAFFENE FIGUR SOLL »PANDORA'S ACTOR« HEISSEN.
SIE SOLL DIE HINTERSTE KAMMER DER SCHATZKAMMER BEWACHEN.
ICH HABE SIE NOCH NIE GETROFFEN, UND OHNE RING KANN MAN DIESEN ORT NICHT ERREICHEN.
SO EINEN TYPEN GIBT ES AUCH NOCH?
DANN BLEIBT DIE ACHTE EBENE WEITERHIN EIN RÄTSEL...
VIELLEICHT SOLLTE ICH DORT MAL HEIMLICH REINSCHAUEN?
KICHER
KICHER
...
WILLST DU GEGEN FÜRST AINZ' WILLEN HANDELN?!
NUR EIN SCHERZ!
JETZT GUCK NICHT GLEICH SO BÖSE!
AUSSERDEM...
... HABEN UNSERE OPFER LÄNGST ANGEBISSEN, ODER?

IN DER TAT.
ICH MÖCHTE DIE FÄHIGKEITEN DIESER WELT ERKUNDEN.
FANG MIR PERSONEN EIN, DIE KAMPFTECHNIKEN ODER MAGIE EINSETZEN KÖNNEN!
ABER...
... NIMM DIR NUR VERBRECHER ALS ZIEL, DIE EINFACH VERSCHWINDEN KÖNNEN.
...
EINES MÖCHTE ICH NOCH KLÄREN...
KÖNNTE DIESES MÄDCHEN HIER DEN FUHRMANN HABEN?
DIESEN NICHTIGEN KERL? WARUM NICHT?
SEIN BLUT SCHMECKT SICHER OHNEHIN NICHT.
VERBEUG
MADAM SHALLTEAR, ICH BEDANKE MICH FÜR EURE GNÄDIGE ERLAUBNIS!
UND WIE SOLLEN SIE FESTGENOMMEN WERDEN?

»LÄHMEN« ODER »PERSON BINDEN« SOLLTE REICHEN, ODER?
GEMÄSS FÜRST AINZ KÖNNTE ICH SIE AUCH KOMPLETT AUSSAUGEN UND ZU SKLAVEN MACHEN...
... SOFERN ICH SIE AUF JEDEN FALL EINFANGE.
KICHER
KICHER
VIELLEICHT SOLLTEN WIR NICHT LANGE EXPERIMENTIEREN UND ALLE AUSSAUGEN.
HÖRT, HÖRT ...
FÜR DIESE MISSION WÄRE MEISTER DEMIURG AM BESTEN GEEIGNET.
ER BESITZT FÄHIGKEITEN, UM PERSONEN ZU KONTROLLIEREN ...
WIE MEISTERIN AURA KANN ER IHRE GEDANKEN LENKEN.
HÄ?
SEBAS...
KANNST DU DAS WIEDERHOLEN?
BRZZZ
ODER MÖCHTEST DU LIEBER...
... ALS DRACHENMENSCH IN DIESER GESTALT...

... GEGEN MICH KÄMPFEN?!
ICH BITTE UM VERZEIHUNG...
ICH HABE MIR NUR SORGEN GEMACHT ...
... DASS DEINE...
... »BLUTRASEREI« AUSGELÖST WERDEN KÖNNTE, SHALLTEAR.
ICH WERDE MEINE BLUTRASEREI UNTERDRÜCKEN.
NATÜRLICH WERDE ICH DIE VON FÜRST AINZ ERTEILTE AUFGABE PERFEKT ERLEDIGEN.
ER WIRD MICH LOBEN: »GUT GEMACHT! DU BIST WAHRLICH MEINE BESTE DIENERIN!«
VERGIB MEINE GEDANKENLOSIGKEIT!
POLTER

KOMMT SOFORT DA RAUS!!
WUSCH
FLITZ
HE HE HE
TAPP

OHO! DAS SIND JA ALLES FEINE SCHÄTZE...
?!
ICH WUSSTE NICHT, DASS DIESE FRAUEN MITFAHREN...

MEINE HERRSCHAFTEN! DANKE, DASS IHR EUCH FÜR MICH VERSAMMELT HABT!
VERRATET MIR, WER VON EUCH AM WICHTIGSTEN IST...
ICH MÖCHTE MIT IHM VERHANDELN.
KECKER
KECKER
HÄ? VERHANDELN?
KICHER
ES GEHT NATÜRLICH NICHT UM EINEN FAIREN HANDEL...
ICH HOFFE, IHR VERGEBT MIR.
FÜR EIN GÖR HAST DU JA ORDENTLICH VORBAU...

SCHLITZ
WEG MIT DEINEN DRECKIGEN GRIFFELN!
FSCHT
HIL...
KLONK
BLUBBER
BLUBBER

DAS SIND MAGIE-WIRKER!

WAS IHR NICHT VERSTEHT, IST IMMER GLEICH MAGIE!
KEINER VON EUCH SCHEINT ETWAS BESONDERES ZU SEIN...
DAS IST JA LANG-WEILIG!
IHR BEIDEN KÖNNT HIER AUF-RÄUMEN!
WUSCH
UR... AH...

W...WAS ZUM...?!
ZITTER
ZITTER
HERR ZACH... HIERHER!
WAS SIND DAS DENN FÜR WELCHE?!
JETZT SAG DOCH IRGENDWAS!
DU BIST DOCH AN ALL DEM SCHULD...
ZIEH
W...WAS MACHST DU...?
ICH GÖNNE DIR EINEN LETZTEN SPASS...

TREIB ES BITTE NICHT ZU WILD.
NIMM MICH... WENN MÖGLICH... ZÄRTLICH.

?!!
W... WAS IST DAS?!
BIST DU ETWA AUCH ...?!
WABBEL
WABBEL
VERSTEHST DU ES ENDLICH?
DAS HAT JA GAR NICHT SO LANGE GEDAUERT...
WABBEL
N... NEIN...
WABBEL
ICH WERDE DICH JETZT AUFSAUGEN...
H...H... H...HÖR AUUUF!
DIESES LEBEN WAR VOLLKOMMEN WERTLOS...

ICH WURDE MEIN GANZES LEBEN LANG NUR AUSGE-NUTZT...
MEIN GELD, MEINE ARBEIT...
... SELBST MEINE SCHWES-TER WURDE MIR GENOMMEN...
ENDLICH WOLLTE ICH MIR AUCH MAL ETWAS NEHMEN...
ARGH
WABBEL WABBEL
LILIA...

WIRKLICH GUT GE-MACHT!
ABER IHR DÜRFT IHN NICHT TÖTEN...
ICH HABE ES VERSPRO-CHEN.
SAUGT IHN NUR AUS!

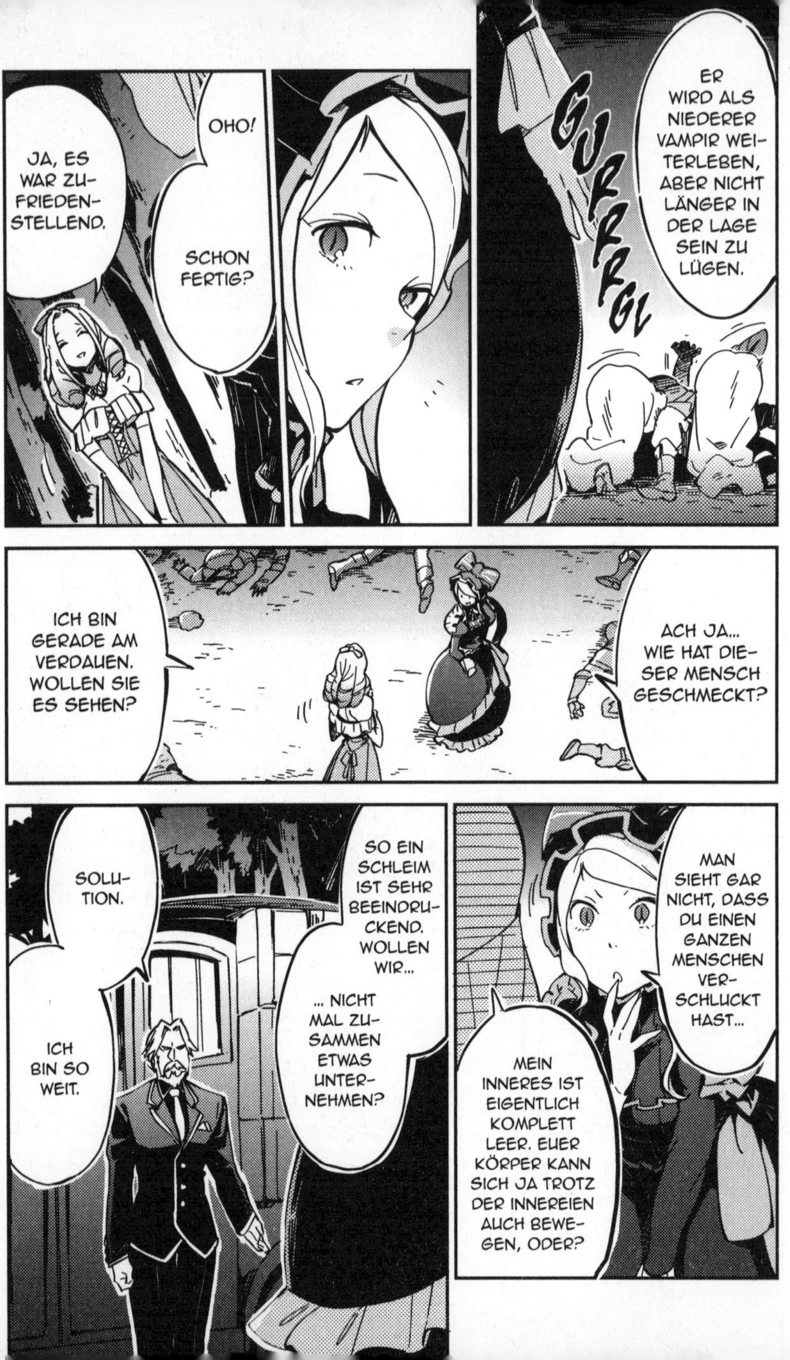
GURRRGL
ER WIRD ALS NIEDERER VAMPIR WEITERLEBEN, ABER NICHT LÄNGER IN DER LAGE SEIN ZU LÜGEN.
OHO!
SCHON FERTIG?
JA, ES WAR ZUFRIEDENSTELLEND.
ACH JA... WIE HAT DIESER MENSCH GESCHMECKT?
ICH BIN GERADE AM VERDAUEN. WOLLEN SIE ES SEHEN?
MAN SIEHT GAR NICHT, DASS DU EINEN GANZEN MENSCHEN VERSCHLUCKT HAST...
MEIN INNERES IST EIGENTLICH KOMPLETT LEER. EUER KÖRPER KANN SICH JA TROTZ DER INNEREIEN AUCH BEWEGEN, ODER?
SO EIN SCHLEIM IST SEHR BEEINDRUCKEND. WOLLEN WIR...
... NICHT MAL ZUSAMMEN ETWAS UNTERNEHMEN?
SOLUTION.
ICH BIN SO WEIT.

GUT, DANN TRENNEN SICH HIER UNSERE WEGE, SEBAS.
WIR SCHEI-NEN DAS NEST DER BANDITEN GEFUNDEN ZU HABEN.
ICH STARTE JETZT EINEN ANGRIFF UND BESORGE DIE INFORMATI-ONEN, DIE FÜRST AINZ BEGEHRT.
DIESMAL SCHEINEN WIR KEIN GLÜCK GEHABT ZU HABEN.
ES WAR EINE GROSSE FREUDE, MIT EUCH ZU REISEN, MADAM SHALLTEAR.
NUN GUT...
WIR SEHEN UNS IN NAZARICK WIEDER.

Niedere Vampire
NICK
UND ES GIBT NUR EINEN EINGANG?
DANN MÜSSEN WIR UNS NICHT LÄNGER VERSTECKEN.
ICH MAG ES OHNEHIN NICHT HERUMZUSCHLEICHEN.
ZACK
ICH GEBE DIR DIE WICHTIGE AUFGABE, ZUERST ANZUGREIFEN...
DRÜCK
LOS!

AUF GEHT'S!
WUMMM
BOMM
?!
BATSCH
STRIKE!
BALL
KLATSCH KLATSCH
HERVORRAGEND, MEISTERIN SHALLTEAR!
A...
ANGREIFER! ANGREI...
BLAMM
UND DAS... WÄREN DANN ZWEI STRIKES!
HM? STIMMT DAS SO?
GUT... GEHEN WIR!

DU PASST AUF, DASS NIEMAND ENTKOMMT.
UND DU GEHST VORAN UND BEREITEST MIR DEN WEG.
GIB MIR BE-SCHEID, WENN ES JEMAND STARKES GIBT.
TAPP
FLUMPS
ÄH...
ICH MACH DICH KALT! KOMM DA SOFORT RAUS!
ES TUT MIR SO LEI ...
DU SOLLTEST MICH...
...LIEBER NICHT ENT-TÄUSCHEN!
TATAPP TATAPP

WIR WERDEN ANGEGRIFFEN, BRAIN!
ZWEI ANGREIFER...
BEIDE SIND FRAUEN!
ZWEI FRAUEN?
P-LING
DIE BLAUE ROSE... NEIN, DAS KANN NICHT SEIN...
DU MUSST NICHT MITKOMMEN...
GEH UND HALTE UNS DEN RÜCKEN FREI!

Interpretative Notizen des Overlords

Erklärungen Kapitel 11

Vampire

吸血鬼

Es gibt mehrere Klassen von Vampiren: normale Vampire, erstgeborene Vampire und wahre Vampire. Im Vergleich zu normalen Menschen besitzen Vampire eine stärkere Muskelkraft, eine Resistenz gegen Waffen und eine starke Regenerationsfähigkeit, die Wunden sofort wieder heilt.

Normale Vampire können nur niedere Vampire erzeugen, die über einen erheblich geringeren Intellekt verfügen. Wahre Vampire wie Shalltear können jedoch normale Vampire erzeugen, die über eine ähnliche Intelligenz wie normale Menschen verfügen. (Natürlich ist es auch möglich, gezielt niedere Vampire zu erschaffen.)

Als weitere Sonderfähigkeit besitzen Vampire die Fähigkeit »Teufelsauge der Verzauberung«. Diese Fähigkeit gehört zu den Gedankenkontrollen und man kann damit jemanden, dem man in die Augen geblickt hat, kontrollieren. Dabei wirkt diese Fähigkeit nicht nur aufs andere Geschlecht, sondern genauso auch aufs eigene.

Wahre Vampire wie Shalltear besitzen neben der oben genannten Fähigkeit noch weitere.

Shalltear beherrscht die Fähigkeit »Sippenbeschwörung«, mit der sie neben einem Vampirwolf weitere Monster ähnlicher Art beschwören kann. Außerdem kann sie die Fähigkeit »Nebelgestalt« annehmen, durch die ihr Körper sich in Nebel verwandelt und gegnerische Angriff komplett unwirksam macht.

»Blutraserei«

Zwar verfügt Shalltear über eine äußerst große Kampfstärke, doch sie hat auch den Klassennachteil »Blutraserei«.

Wird sie zu stark vom gegnerischen Blut beschmutzt, kann sie ihre Mordlust nicht länger im Zaum halten. Sie dreht vollkommen durch und greift alles und jeden als ihr Opfer an, da sie dann nicht länger zwischen Freund und Feind unterscheiden kann.

Zwar hat »Blutraserei« den Vorteil, dass während der Aktivierung die Angriffskraft für Nah- und Fernangriffe enorm gesteigert ist, da sie jedoch durch den Verlust des eigenen Verstandes keine Aufträge mehr erfüllen kann, überwiegen doch die Nachteile.

Im Spiel war dieser Nachteil zwar noch ziemlich belanglos, doch in einer realeren Welt kann dies zu weitaus größeren Problemen führen.

Um der Aktivierung zu entgehen, muss man den Blutspritzern so gut wie möglich ausweichen oder Waffen verwenden, die gleichzeitig das Blut der Feinde aufsaugen können. Selbst mit einem aufs Äußerste gestählten Geist kann man der Aktivierung nicht entkommen…

In Yggdrasil wurden starke Klassen mit Schwächungen oder Nachteilen belegt, um so die Spielbalance aufrechtzuerhalten.

ACHTUNG!

Schlagt den Band doch mal hinten auf, da findet Ihr spannende Gespräche!

PRODUZIERT MIT VERANTWORTUNG

MIX
Papier | Fördert gute Waldnutzung
FSC® C083411

CARLSEN MANGA
Deutsche Ausgabe/German Edition

Völckersstraße 14-20, 22765 Hamburg
Aus dem Japanischen von Lasse Christian Christiansen
OVERLORD volume 3

First published in Japan in 2015 by KADOKAWA CORPORATION, Tokyo.
German translation rights arranged with KADOKAWA CORPORATION, Tokyo through TOHAN CORPORATION, Tokyo.
Redaktion: Britta Hellwig
Textbearbeitung: Steffen Haubner
Herstellung: Björn Liebchen

Mit Fragen zur Produktsicherheit wenden Sie sich bitte an: carlsen.de/kontakt
ISBN: 978-3-551-74079-3